LA MALÉDICTION
DE LA MOMIE

Biographie

R. L. Stine est né en 1943 à Colombus aux États-Unis. À ses débuts, il écrit des livres interactifs et des livres d'humour. Puis il devient l'auteur préféré des adolescents avec ses livres à suspens. Il reçoit plus de 400 lettres par semaine ! Il faut dire que pour les distraire, il n'hésite pas à écrire des histoires plus fantastiques les unes que les autres. R. L. Stine habite New York avec son épouse Jane et leur fils Matt.

Avis aux lecteurs

Vous êtes nombreux à écrire à l'auteur de la série Chair de poule et nous vous en remercions. Pour être sûr que votre courrier arrive, adressez votre correspondance à :

Bayard Éditions
Série Chair de poule
3, rue Bayard
75008 Paris.

Nous la transmettrons à R.L. Stine.
Et bravo pour votre Passion de lire !

ILLUSTRATION DE COUVERTURE
HENRI GALERON

LA MALÉDICTION
DE LA MOMIE

R. L. STINE

TRADUIT DE L'AMÉRICAIN
PAR JEAN-BAPTISTE MÉDINA

Neuvième édition

PASSION DE LIRE
BAYARD POCHE

Impression réalisée sur CAMERON
par BRODARD ET TAUPIN
La Flèche
en novembre 1997

Imprimé en France
Dépôt légal : juin 1995
N° d'Editeur : 3193 – N° d'impression : 1855T-5

Titre original
GOOSEBUMPS n° 5
The curse of the mummy's tomb

ISBN : 2227 729 01 5
ISSN : 1264 6237

Avertissement !

Que tu aimes déjà les livres ou que tu les découvres,
si tu as envie d'avoir peur, **Chair de poule** est pour toi.

Attention, lecteur !
Tu vas pénétrer dans un monde étrange
où le mystère et l'angoisse te donnent rendez-vous
pour te faire frissonner de peur... et de plaisir !

Je regardais la grande pyramide et j'avais soif.

C'était peut-être à cause de tout ce sable. Il paraissait s'étendre à l'infini, jaune et brûlant, sous un ciel d'un bleu métallique. Je donnai un petit coup de coude à maman.

– Mmaan, j'ai soif.

– Pas maintenant, me dit-elle.

La main en visière pour protéger ses yeux de l'éclat du soleil, elle contemplait le majestueux monument.

Pas maintenant ? Mais c'était maintenant que j'avais soif !

Quelqu'un me bouscula par-derrière et s'excusa dans une langue étrangère. Je ne m'étais jamais imaginé que quand je verrais la grande pyramide, il y aurait tant de touristes. Ma parole, la moitié de la population mondiale avait décidé de passer les vacances de Noël en Égypte, cette année-là !

Je ne voulais pas avoir l'air de geindre, mais ma gorge était de plus en plus sèche. J'insistai :

– Mmaan, je t'assure que je crève de soif.

– Il n'y a rien à boire dans les parages, répondit-elle sans quitter la pyramide des yeux. Cesse de jouer les bébés, s'il te plaît, Gabriel. Tu as douze ans, ne l'oublie pas.

– On peut avoir douze ans et être complètement dés-hydraté, marmonnai-je. C'est tout ce sable qui se balade dans l'air. J'ai du mal à respirer.

– Concentre-toi sur la pyramide, me conseilla maman, irritée. C'est pour ça qu'on est venus ici. Pas pour se désaltérer.

– Mais j'étouffe ! m'écriai-je en m'étreignant la gorge.

Bon, d'accord, je n'étouffais pas. J'exagérais un peu pour attirer son attention. En vain. Elle se contenta de rabaisser le bord de son chapeau de paille et conti-nua de contempler béatement la pyramide qui miroi-tait sous le soleil.

Je résolus alors de tenter ma chance du côté de mon père. Selon son habitude, il parcourait fiévreusement la pile de guides touristiques qu'il emporte partout. Je crois qu'il n'avait pas encore jeté un coup d'œil autour de lui. Il rate la plupart des choses parce qu'il a toujours le nez plongé dans un livre.

– Papa, je meurs de soif, chuchotai-je avec effort, comme si ma gorge avait du mal à laisser passer le message.

– Mazette ! Tu sais combien cette pyramide mesure en hauteur ? demanda-t-il.

Il examinait une photo dans un de ses bouquins.

– J'ai soif, Papa.

– Cent trente-sept mètres, Gabriel ! Et tu sais de quoi elle est faite ?

Il est toujours en train de me mettre à l'épreuve. Chaque fois que nous voyageons, il me pose un million de questions comme celle-là. Je ne connais jamais les réponses.

– Heu... un genre de pierre ? hasardai-je.

– Exact, fit-il avec un sourire épanoui.

Il reprit sa lecture et poursuivit :

– Elle se compose de blocs de calcaire. Ils disent là-dedans que certains blocs pèsent jusqu'à mille tonnes.

– Wouaouh ! Presque autant que toi !

Papa leva les yeux et fronça les sourcils.

– Tu n'es pas drôle, Gabriel.

– Je plaisantais, je plaisantais !

Papa a pris quelques kilos ces derniers temps, et il n'aime pas beaucoup qu'on lui en fasse la remarque. C'est pourquoi je le taquine là-dessus chaque fois que je peux.

– Sais-tu comment les Égyptiens de l'Antiquité déplaçaient des pierres de mille tonnes ? reprit-il.

Le jeu des devinettes n'était pas terminé.

– Heu... avec des camions ? suggérai-je.

Il éclata de rire :

– Des camions ! Pourquoi pas des hélicoptères ?

Je me tournai vers le gigantesque édifice. Il était très impressionnant, beaucoup plus grand que sur les photos. Je n'arrivais pas à concevoir comment on avait pu traîner ces énormes blocs de pierre dans le sable, les soulever, les juxtaposer.

– Je n'en sais rien, avouai-je. Mais j'ai vraiment soif.

– Personne ne le sait ! déclara papa, triomphant.

C'était donc une question piège.

– Papa, à boire, par pitié.

– Pas maintenant. Écoute plutôt. Ça fait tout drôle de penser que nos ancêtres – les tiens et les miens, Gabriel – se sont peut-être promenés autour de ces pyramides, ou qu'ils ont même pris part à leur construction. Ça me donne le frisson. Pas toi ?

– Oui, je suppose.

Il avait raison. C'était plutôt excitant. Vous comprenez, nous sommes d'origine égyptienne. Mes grands-parents paternels et maternels ont quitté l'Égypte pour émigrer en France vers 1930. Mon père et ma mère sont nés tous les deux à Marseille. C'est pourquoi la découverte de ce pays piquait notre curiosité à tous.

– Je me demande si ton oncle Ben est à l'intérieur de cette pyramide en ce moment, murmura papa.

Mon oncle Ben Hassad, le célèbre archéologue. Je l'avais presque oublié. Oncle Ben était une des raisons pour lesquelles nous avions décidé de passer ces vacances en Égypte. Ça, et le fait que mon père et ma mère avaient des affaires à traiter au Caire, à Alexandrie et dans d'autres villes. Mes parents ont monté leur propre entreprise, ils vendent du matériel de réfrigération. Ce n'est pas très passionnant, je vous l'accorde ; mais ça les oblige parfois à se rendre à l'étranger, et comme je les accompagne, je trouve ça plutôt chouette.

Oncle Ben et ses ouvriers fouillaient probablement dans le secteur de la grande pyramide, espérant déterrer des vieilles momies, entre autres curiosités. Fasciné par le pays de nos ancêtres, mon oncle vivait en Égypte depuis plusieurs années. C'était un égyptologue réputé, une autorité en la matière. J'avais même vu sa photo dans *Géo*.

– Quand va-t-on rencontrer Oncle Ben ? demandai-je.

– Pas aujourd'hui, dit papa. Il doit venir nous voir au Caire dans une semaine.

– Mais tu dis qu'il est peut-être dans la pyramide. Si on allait vérifier ? suggérai-je avec impatience.

– On n'a pas le droit d'y pénétrer.

– Regardez ! intervint tout à coup maman en me tapant sur l'épaule. Des chameaux !

On voyait en effet approcher une horde de touristes juchés sur des chameaux. Ballottés dans tous les sens, ils avaient l'air très mal à l'aise. En arrivant, les chameaux s'affalèrent dans le sable, et l'un d'eux fut pris d'une quinte de toux. Sans doute avait-il la gorge sèche, comme moi. Les touristes se laissèrent glisser au sol avec un soulagement évident.

– Tu as vu tous ces chameaux ? me répéta maman, ravie.

– Je ne suis pas aveugle ! rétorquai-je.

Je commençais à être de mauvaise humeur à force d'avoir soif. D'ailleurs, qu'est-ce qu'ils avaient de si extraordinaire, ces chameaux ? Ils étaient à moitié pelés et dégageaient l'odeur de mes chaussettes de gym après une partie de basket.

Maman me dévisagea.

— Quel est ton problème ?

— Je te l'ai dit cent fois ! articulai-je en m'efforçant de me maîtriser. J'ai *soif* !

— Oh, Gabriel, je t'en prie.

Elle me lança un regard excédé, puis haussa les épaules et se détourna. Papa avait rangé ses guides touristiques dans son sac de reporter. À présent, il promenait une paire de jumelles sur le décor.

— Papa, demandai-je, tu crois qu'Oncle Ben nous fera entrer dans cette pyramide ? Ce serait super !

— Non, Gabriel, je ne le crois pas. Il faut une autorisation spéciale, nous n'allons pas l'embêter avec ça.

Je ne pus cacher ma déception. J'avais rêvé de m'aventurer dans les souterrains de l'édifice en compagnie de mon oncle, de découvrir des momies et des trésors ; de me battre contre des Égyptiens de l'Antiquité qui seraient revenus à la vie pour défendre leur tombe sacrée, et de leur échapper au terme d'une poursuite effrénée, tout comme Indiana Jones.

— Tu devras te contenter de l'admirer de l'extérieur, reprit papa en pointant ses jumelles vers le ciel.

— Je l'ai déjà suffisamment admirée, dis-je d'un ton lugubre. Est-ce qu'on pourrait enfin aller boire quelque chose, maintenant ?

J'étais loin de me douter que quelques jours plus

tard, papa et maman seraient partis et que je me perdrais pour de bon dans les profondeurs de cette grande pyramide qui attirait tous les regards. Que je resterais *piégé* à l'intérieur – *emprisonné* à l'intérieur – probablement à jamais.

2

Papa nous ramena au Caire dans la petite voiture de location qu'il avait dénichée à l'aéroport. Le trajet n'était pas long, mais il me parut durer une éternité. La voiture ressemblait à une caisse à savon, en moins confortable. Ma tête heurtait le plafond à chaque ornière du chemin.

J'avais emporté mon Game Boy, mais maman voulait que je regarde le Nil, dont nous suivions la berge. Il était très large et très sombre.

– Tu es sans doute le seul de ta classe à pouvoir contempler le Nil en ce moment, me rappela-t-elle.

Le vent tiède jouait dans ses cheveux. Après avoir obéi un moment, je n'y tins plus :

– Bon, je peux jouer avec mon Game Boy, maintenant ?

Tout bien considéré, un fleuve est un fleuve.

Environ une heure plus tard, nous étions de retour dans les rues étroites et grouillantes du Caire. Papa s'étant trompé de direction, il fallut traverser une espèce de marché en plein air, et un troupeau de chèvres nous coinça dans une ruelle pendant une bonne vingtaine de minutes.

Ce n'est qu'en arrivant à l'hôtel que je pus enfin boire quelque chose; à ce moment-là, j'avais l'impression que ma langue allait se mettre à pendre hors de ma bouche comme celle d'Elvis. Je veux parler de notre épagneul, que nous avons laissé à la maison.

Nous avions une suite à l'hôtel, deux chambres à coucher et un genre de salon. En regardant par la fenêtre, on voyait un immense building à façade de verre de l'autre côté de la rue, comme dans n'importe quelle grande ville. Une télé trônait dans le salon, mais tous les programmes étaient en arabe. De toute façon, ils n'offraient pas beaucoup d'intérêt. Des nouvelles, la plupart du temps.

Nous étions en train de choisir l'endroit où nous irions dîner quand le téléphone sonna. Papa alla prendre la communication dans sa chambre. Quelques minutes plus tard, il appela maman, et je les entendis échanger des propos à voix basse.

Ils sortirent de la chambre, l'air préoccupé. Ma première supposition fut que ma grand-mère avait appelé pour dire qu'il était arrivé quelque chose à Elvis.

– Que se passe-t-il? demandai-je. Qui a téléphoné?

– Ton papa et moi, nous sommes obligés de nous rendre à Alexandrie tout de suite, m'annonça maman en s'asseyant à mes côtés sur le canapé du salon.

– Hein ? Alexandrie ? Je croyais que le voyage était prévu pour la fin de la semaine prochaine.

– Les affaires, expliqua papa. Un client important insiste pour nous rencontrer demain matin.

– Nous avons un avion dans une heure, reprit maman.

– Mais je ne tiens pas à y aller ! m'écriai-je en bondissant sur mes pieds. Je veux rester au Caire et voir Oncle Ben ! Je veux visiter les pyramides avec lui. Vous me l'aviez promis !

Il s'ensuivit une discussion animée. Ils essayèrent de me convaincre qu'on pouvait faire des tas de choses intéressantes à Alexandrie, mais je ne voulais rien savoir. Finalement, maman eut une idée. Elle disparut dans la chambre, et je l'entendis passer un appel téléphonique. Quand elle ressortit, elle avait le sourire aux lèvres.

– Je viens de parler à Oncle Ben, déclara-t-elle.

J'en eus le souffle coupé.

– Ouaouh ! Ils ont le téléphone, dans sa pyramide ?

– Mais non ! J'ai réussi à le joindre dans le petit appartement qu'il habite à Gizeh. Il dit qu'il peut s'occuper de toi, si tu veux. Pendant que papa et moi, nous serons à Alexandrie.

– Q-quoi ?

Je n'en croyais pas mes oreilles. En tout cas, ça promettait d'être intéressant. Oncle Ben est le type le plus décontracté que je connaisse. Parfois, j'ai même du mal à croire que c'est le frère de maman.

– À toi de choisir, Gabriel, poursuivit-elle. Ou tu

nous accompagnes, ou tu restes avec Oncle Ben jusqu'à notre retour.

Je n'eus pas besoin d'hésiter plus d'un dixième de seconde pour affirmer :

– Je reste avec Oncle Ben !

– Hmm. Il y a juste un petit détail qui pourrait t'amener à réfléchir, dit maman qui semblait soudain amusée.

– Tant pis pour le détail. Je choisis Oncle Ben !

– Sari est ici. Elle est venue passer les vacances de Noël en Égypte, elle aussi.

– Beurk !

Je m'affalai en gémissant sur le canapé et me mis à le marteler de coups de poing.

Sari est la fille d'Oncle Ben, mon unique cousine, une petite mijaurée qui a le même âge que moi. Oncle Ben l'a mise en pension en France pendant qu'il travaille en Égypte. D'accord, elle est vraiment jolie et drôlement astucieuse. Le problème c'est qu'elle le sait. La dernière fois que je l'ai vue c'était aux vacances de Pâques, je crois. Elle ne cessait de me battre aux jeux vidéo et elle en tirait une satisfaction écœurante. Sari adore la compétition. Mais il faut toujours qu'elle soit la première et la meilleure en tout.

– Arrête de massacrer ce canapé ! me gronda maman.

Elle me prit par le bras et me remit debout.

– Est-ce que ça veut dire que tu as changé d'avis ? demanda papa. Tu viens avec nous ?

Je m'accordai un instant de réflexion.

– Non. Je reste avec Oncle Ben.

– Et tu ne te disputeras pas avec Sari? reprit-il.

– C'est elle qui me provoque tout le temps!

Papa haussa les épaules et se tourna vers maman.

– C'est bon, dépêchons-nous de boucler nos valises.

Tandis qu'ils s'affairaient dans leur chambre, j'allumai la télé et regardai un genre de «Roue de la Fortune» en arabe. Les participants éclataient de rire à tout bout de champ sans que je puisse comprendre pourquoi. Dépité, je l'éteignis.

Un moment plus tard, maman et papa réapparurent, traînant leurs valises.

– Je te parie qu'on va rater l'avion, marmonna papa.

Maman s'approcha de moi et me caressa les cheveux.

– Ton oncle Ben sera là dans une heure environ, Gabriel. Ça ne t'ennuie pas de rester seul une petite heure, n'est-ce pas?

– Ben, heu...

J'admets que ça n'était pas une réponse, mais sa question m'avait surpris. Je comprenais tout à coup que mes propres parents allaient m'abandonner dans un grand hôtel étranger, au milieu d'une ville peuplée de gens dont je ne connaissais même pas la langue. Comment pouvaient-ils me faire une chose pareille?

– Pas de problème, affirmai-je. Tout ira bien. Je regarderai la télé.

– Ben est déjà en route avec Sari, poursuivit maman

d'un ton rassurant. Et j'ai téléphoné à la réception, ils disent qu'ils enverront quelqu'un s'occuper de toi de temps à autre.

– Où est le garçon d'étage ? intervint papa qui arpentait nerveusement le salon. Je l'ai sonné il y a dix minutes au moins !

Maman m'embrassa sur le front et me pinça la joue. Pour une raison obscure, elle croit que j'aime ça.

– Tu ne bouges pas, Gabriel, d'accord ? Tu attends sagement ton oncle sans mettre le nez dehors. Je ne veux surtout pas que tu quittes cette chambre.

– Je ne bougerai pas, promis-je. Je resterai collé sur ce canapé. Je n'irai même pas aux toilettes.

Maman secoua la tête.

– Tu ne peux donc pas être sérieux une minute, Gabriel ?

On entendit frapper à la porte. Le garçon d'étage, un vieil homme courbé en deux qui paraissait à peine capable de soulever un oreiller de plumes, se présentait pour prendre les valises. Maman et papa, l'air quelque peu soucieux, me serrèrent dans leurs bras et me répétèrent une fois de plus que je ne devais pas m'éloigner de la chambre. Puis la porte se referma sur eux, et tout devint soudain très silencieux.

Je rallumai la télé pour entendre un peu de bruit. La «Roue de la Fortune» avait cédé la place à un homme en complet blanc qui déversait un flot de nouvelles en arabe.

– Je n'ai pas peur, dis-je à voix haute.

Mais j'avais la gorge un peu nouée.

J'allai regarder par la fenêtre. Le soleil commençait à se coucher. L'ombre du gratte-ciel d'en face envahissait la rue et se projetait sur l'hôtel. J'avalai la dernière goutte de mon coca-cola. Il n'avait plus de goût. Mon estomac gargouilla, je me rendis compte que j'avais faim.

La pendule marquait sept heures et demie. J'aurais bien voulu voir arriver Oncle Ben et Sari. Je n'avais pas peur, j'étais seulement un peu nerveux. Je me mis à faire les cent pas dans le salon, assailli par d'horribles pensées. Et s'ils se trompaient d'hôtel et ne me trouvaient pas ? S'ils avaient un terrible accident de voiture et mouraient tous les deux ? Je risquais de me retrouver seul au Caire pendant des jours et des jours...

On peut trouver ça idiot, je sais, mais c'est le genre de choses qui vous passent par la tête quand vous êtes seul dans un lieu étranger, à attendre que quelqu'un vienne vous chercher.

Je m'aperçus que j'avais sorti mon talisman de la poche de mon jean et que je le tripotais inconsciemment. C'était une main de momie, petite comme celle d'un enfant et enveloppée de fines bandelettes de gaze brune. Je l'avais achetée dans une brocante quelques années plus tôt, et je la gardais toujours sur moi en guise de porte-bonheur.

Le garçon qui me l'avait vendue prétendait que c'était un talisman utilisé autrefois pour invoquer les mauvais esprits, ou quelque chose de ce genre. Ça ne m'inquiétait pas. Pour vingt francs, je pensais que

l'affaire valait vraiment le coup. Et quel objet extraordinaire à trouver dans une brocante !
Je parcourus le salon en jonglant avec. La télé m'ennuyait, je l'éteignis. Et ce fut de nouveau le silence.

Où donc étaient Oncle Ben et Sari ? Ils auraient dû arriver depuis longtemps. Je commençais à penser que j'avais fait le mauvais choix, et à regretter de ne pas avoir accompagné papa et maman à Alexandrie. C'est alors que j'entendis un léger bruit de pas dans le couloir de l'hôtel. Enfin ! Je m'arrêtai pour écouter de toutes mes oreilles, le regard fixé sur la porte. Il faisait plutôt sombre dans la pièce, mais je vis la poignée tourner.
« Curieux, me dis-je. Oncle Ben aurait d'abord frappé. »
La porte s'entrebâilla avec un craquement.
– Hé ! criai-je, mais le mot s'étrangla dans ma gorge. La porte continua de s'ouvrir lentement, et je restai figé sur place, incapable d'émettre un son.
Sur le seuil se dressait une grande silhouette ténébreuse.
J'étouffai un cri. La silhouette s'avança dans la pièce d'une démarche maladroite et pesante, et je pus la distinguer un peu mieux.
C'était une momie.
Une momie qui dardait sur moi ses yeux noirs, du fond de deux cavités découpées dans ses vieilles bandelettes poussiéreuses.

Elle tituba dans ma direction, les bras tendus comme pour m'attraper.

J'ouvris la bouche pour hurler, mais rien n'en sortit.

Je reculai d'un pas, puis d'un autre. Sans m'en apercevoir, j'avais brandi ma petite main de momie comme pour maintenir l'intrus à distance.

Tandis que l'effrayante apparition continuait de s'approcher de moi, mon regard plongea dans le sombre éclat de ses yeux.

Et je les reconnus aussitôt.

– Oncle Ben ! hurlai-je.

Furieux, je lui jetai la main de momie au visage. Elle heurta ses bandelettes et rebondit sur le sol. Mon oncle s'affala en arrière contre le mur en partant d'un grand rire sonore. Et je vis la tête de Sari apparaître dans l'encadrement de la porte. Elle riait aussi. Tous deux avaient l'air de trouver la situation désopilante, mais mon cœur battait si fort qu'il menaçait d'éclater.

– Ce n'était pas drôle ! m'écriai-je en serrant les poings de colère.

Je respirai profondément à plusieurs reprises pour tenter de me calmer.

– Je t'avais dit qu'il aurait la trouille, Papa, commenta Sari en pénétrant dans la pièce avec un sourire moqueur.

Oncle Ben riait si fort que les larmes lui vinrent aux yeux. C'était un colosse aux larges épaules, et son rire ébranlait les murs.

– Je ne t'ai quand même pas fait peur à ce point, Gabriel ? me demanda-t-il entre deux hoquets.

– Bien sûr que non ! Je savais que c'était toi. Je t'ai reconnu tout de suite.

– En tout cas, tu paraissais drôlement secoué, insista Sari.

– Je ne voulais pas gâcher votre plaisir ! rétorquai-je. Mon cœur bondissait encore dans ma poitrine.

– Si tu avais pu voir ta tête ! s'écria Oncle Ben.

Il se tapa sur la cuisse et le rire le secoua de nouveau.

– J'ai essayé de l'en empêcher, me dit Sari en se laissant tomber sur le canapé. Je suis étonnée que les gens de l'hôtel lui aient permis de monter sous ce déguisement.

Oncle Ben se baissa pour ramasser la main de momie qui avait roulé à terre.

– Tu sais que j'aime bien te taquiner, Gabriel.

– Oh ! oui, je sais, marmonnai-je.

Je m'en voulais secrètement de m'être laissé prendre à ce jeu stupide. Oncle Ben réussissait toujours à m'avoir, toujours. Et maintenant, j'avais droit aux ricanements de Sari qui jubilait sur son canapé, sachant probablement que je venais de frôler la crise cardiaque.

Oncle Ben commença à dénouer le pansement qui lui enveloppait le visage. Ce faisant, il me rendit la main de momie.

– Où as-tu trouvé ça ?

– Dans une brocante...

Je m'apprêtais à lui demander si la main était authentique mais il me serrait déjà contre lui. Ses bandelettes sentaient le moisi.

– Je suis content de te revoir, Gabriel, murmura-t-il. Tu as grandi.

– Il est presque aussi grand que moi, renchérit Sari. Mon oncle se tourna vers elle.

– Lève-toi et viens m'aider à me débarrasser de ces machins, s'il te plaît.

– Pourquoi, Papa ? Je trouve que ça te va très bien.

– Dépêche-toi, répéta-t-il. J'étouffe, là-dedans.

Sari se leva en poussant un soupir et entreprit de dérouler les bandelettes. Oncle Ben avait pris appui sur mon épaule tandis qu'elle tournait autour de lui.

– Si je t'ai fait cette petite farce, c'est parce que je suis tout excité en ce moment, me confia-t-il. À cause de ce que nous avons trouvé dans la pyramide.

– Qu'est-ce que c'est ? demandai-je avec curiosité.

– Papa a découvert une nouvelle chambre funéraire ! intervint Sari sans lui laisser le temps de s'expliquer. Il est en train d'explorer un secteur de la pyramide dans lequel personne n'a pénétré depuis des milliers d'années !

– Vraiment ? C'est fabuleux !

– Attends d'être sur place et tu verras, gloussa Oncle Ben.

– Sur place ? Tu vas m'y emmener ?

J'avais ouvert des yeux ronds comme des soucoupes. Je n'arrivais pas à croire à ma chance ! J'allais m'aventurer dans la grande pyramide, en visiter une partie qu'aucun être humain n'avait profanée !

– Je n'ai pas le choix, maugréa Oncle Ben. Puisque je dois m'occuper de vous deux.

– Il y a des momies ? demandai-je. On verra de vraies momies, Oncle Ben ? Un trésor ? Des reliques égyptiennes ? Des peintures murales ?

– Nous en parlerons pendant le dîner, répondit-il en ôtant une dernière bandelette.

Sous les kilomètres de gaze, il portait une chemise de sport à carreaux et un informe pantalon de toile kaki.

– Tu fais la course avec moi jusqu'à la réception ? me lança Sari.

Et elle bondit hors de la pièce en me bousculant sans ménagement, histoire de prendre une bonne avance.

La salle de restaurant de l'hôtel était décorée de lotus peints sur les murs, et il y avait çà et là des palmiers miniatures plantés dans des pots. Sari et moi étions assis en face de mon oncle. Le maître d'hôtel nous tendit une longue carte écrite en arabe, en anglais et en français.

– Écoute ça, Gabriel, me dit Sari.

Elle se mit à lire à voix haute tous les mots arabes.

Quelle prétentieuse !

Un serveur en veste blanche nous apporta une espèce de pain plat dans une corbeille d'osier. Je commandai du poulet et des frites, et Sari m'imita. Plus tard, tandis que nous dînions, Oncle Ben nous expliqua plus en détail ce qu'il avait découvert dans la pyramide.

– Comme vous devez le savoir, commença-t-il en rompant un morceau de pain, la pyramide a été bâtie vers 2500 avant Jésus Christ, sous le règne du pharaon Khéops. C'était la plus grande construction de l'époque. À votre avis, quelle peut être sa hauteur ? Sari secoua la tête.

– Je n'en ai pas la moindre idée, bafouilla-t-elle, la bouche pleine.

– Moi, je sais, dis-je en souriant. Cent trente-sept mètres !

– En plein dans le mille ! s'exclama oncle Ben, visiblement impressionné.

Sari me lança un regard surpris. Autant pour toi, ma vieille ! pensai-je. Et merci au guide de mon père.

– La pyramide était une tombe royale, poursuivit Oncle Ben. Les pharaons faisaient bâtir de leur vivant le tombeau dans lequel ils reposeraient plus tard avec leurs proches. Khéops voulait que le sien soit réellement énorme, afin de bien cacher sa chambre funéraire à l'intérieur. Les souverains égyptiens redoutaient les pilleurs de tombes ; ils n'ignoraient pas que des voleurs chercheraient à récupérer les bijoux et autres trésors qu'on enterrait à côté de leurs propriétaires. C'est pourquoi ils aménageaient dans leur tombeau des dizaines de galeries traversant diverses chambres. Ce labyrinthe avait pour but de semer la confusion dans l'esprit des voleurs, et de les empêcher de trouver la véritable chambre funéraire.

– Gabriel, passe-moi la moutarde, s'il te plaît, interrompit Sari qui semblait n'écouter qu'à moitié.

Je m'exécutai, bouche bée, sans quitter Oncle Ben des yeux.

– Sari a déjà entendu tout ça, reprit-il avec un petit sourire. Quoi qu'il en soit, nous autres archéologues pensions avoir fouillé toutes les galeries de cette pyramide. Mais il y a quelques jours, mes ouvriers sont tombés sur un tunnel qui ne figure sur aucun de nos plans. Un tunnel que personne n'a encore exploré. Et nous croyons qu'il pourrait nous mener à la chambre funéraire du pharaon Khéops lui-même !

– Extraordinaire ! m'écriai-je. Et nous serons là, Sari et moi, quand tu vas découvrir cette chambre ?

Oncle Ben se mit à rire.

– Ça m'étonnerait, Gabriel. Il nous faudra peut-être des années de fouilles minutieuses pour y accéder. Mais je vous emmènerai voir ce tunnel demain. Comme ça, vous pourrez dire à vos amis que vous avez pénétré à l'intérieur de la pyramide de Khéops.

– Je l'ai déjà fait ! se vanta Sari.

Elle se tourna vers moi et ajouta :

– C'est tout noir. Tu risques d'avoir peur.

– Jamais de la vie ! rétorquai-je.

Oncle Ben et Sari passèrent la nuit avec moi à l'hôtel dans la suite de mes parents. Je mis des heures à m'endormir, à cause de mon excitation. Je me voyais découvrir des momies et des coffres remplis d'objets merveilleux.

Oncle Ben nous réveilla très tôt le lendemain matin, et nous nous rendîmes en voiture à Gizeh, près du site des pyramides. L'air était déjà brûlant. Le soleil semblait suspendu au-dessus du désert comme un ballon orange.

– La voilà ! annonça Sari en montrant quelque chose du doigt.

Et j'aperçus la grande pyramide qui pointait son sommet vers le ciel, émergeant du sable jaune.

Oncle Ben tendit un laissez-passer par la vitre ouverte à un garde en uniforme, et alla se garer à l'ombre du gigantesque monument, à côté de plusieurs autres véhicules. En sortant de la voiture, j'avais le cœur battant. Mon regard parcourut les énormes blocs de pierre de la pyramide, usés par le temps.

« Elle est âgée de plus de quatre mille ans, pensai-je. Je vais pénétrer dans quelque chose qui a été construit il y a des siècles et des siècles ! »

– Ton lacet est dénoué, me dit Sari en pointant le doigt sur mes tennis.

On pouvait compter sur elle pour vous ramener sur terre. Je mis un genou dans le sable et attachai mon lacet. Je ne sais pas pourquoi, le gauche se défait toujours.

– Les ouvriers sont déjà à l'intérieur, annonça Oncle Ben. Tâchez de rester ensemble, d'accord ? Et ne vous éloignez pas de moi. Les galeries forment un véritable labyrinthe. On s'y perd très facilement.

– Pas de problème, répondis-je.

Mais ma voix était un peu tendue par la nervosité.

– Ne t'inquiète pas, Papa, intervint Sari. Je surveillerai Gabriel.

Quelle prétentieuse ! Elle avait à peine deux mois de plus que moi et elle se croyait obligée de jouer les baby-sitters !

Oncle Ben nous remit à chacun une torche électrique.

– Allumez-la en entrant, nous ordonna-t-il.

Puis il ajouta en me regardant :

– Gabriel, tu ne crois pas aux mauvais esprits, j'espère ?

Ne sachant que répondre, je secouai la tête.

– Parfait ! dit-il en souriant. Parce qu'un de mes hommes prétend qu'en pénétrant dans ce tunnel nous avons violé une antique loi égyptienne et ranimé une espèce de malédiction...

Sari le poussa gentiment vers l'entrée.

– Nous n'avons pas peur, affirma-t-elle. Allons-y, Papa.

Quelques secondes plus tard, nous franchissions une petite ouverture carrée découpée dans la pierre. Courbé en deux, je suivis mon oncle et Sari le long d'une galerie étroite qui descendait en pente douce. Oncle Ben menait la marche, projetant devant lui le

32

halo lumineux de sa torche. Le sol était lisse et sablonneux, l'air frais et humide.

– Les parois des galeries sont en calcaire, nous informa mon oncle en s'arrêtant un instant pour palper le plafond bas.

La température tomba soudain, me faisant frissonner. Je compris pourquoi Oncle Ben avait insisté pour que nous portions un chandail.

– Si tu as peur, nous pouvons rebrousser chemin, dit Sari.

– Je n'ai pas peur, m'empressai-je de protester.

Le tunnel se terminait abruptement. Un pan de mur jaune pâle se dressait devant nous. Oncle Ben braqua sa torche électrique sur un trou noir, à nos pieds.

– D'accord, nous allons descendre, annonça-t-il.

Il se laissa tomber à genoux en poussant un grognement et se tourna vers moi :

– Il n'y a pas d'escalier qui mène à ce nouveau tunnel. Mes ouvriers ont installé une échelle de corde. Prends ton temps. Descends lentement, un échelon à la fois, et tout ira bien.

– Entendu, balbutiai-je.

– Ne regarde pas en bas, me conseilla Sari. Tu risquerais d'avoir le vertige et de tomber.

– Merci pour les conseils, répondis-je. Si tu permets, j'y vais le premier.

J'en avais assez de ses airs supérieurs. Je passai devant elle, bien décidé à lui montrer que j'étais courageux, moi aussi. Mais mon oncle m'arrêta du geste.

– Non. Laisse-moi descendre d'abord. Ensuite, j'éclairerai l'échelle pour t'aider.

Avec un autre grognement, il se glissa dans le trou en se démenant, gêné par la largeur de ses épaules. Sa tête disparut. Je me penchai pour le regarder descendre. L'échelle de corde n'était pas stable. Elle tanguait sous son poids tandis qu'il progressait d'échelon en échelon.

– Ce que c'est profond ! murmurai-je.

Sari ne répondit pas. À la lueur de la torche, je vis qu'elle se mordillait la lèvre avec une expression inquiète. Elle était donc nerveuse elle aussi ? Cela me remonta le moral.

– Ça y est, j'y suis. À toi, Gabriel ! me cria Oncle Ben d'une voix caverneuse.

Je balançai mes jambes dans le trou et mes pieds se posèrent sur un échelon de corde. J'adressai un sourire à Sari.

– À bientôt !

J'empoignai les montants de l'échelle, commençai à descendre – et un cri m'échappa.

– Aïe !

Les montants rugueux m'avaient blessé les mains. La douleur me fit lâcher prise.

Avant même de comprendre ce qui m'arrivait, je dégringolai dans le noir.

Vives comme l'éclair, deux mains me rattrapèrent de justesse par les poignets.

– Tiens bon! me cria Sari.

J'agrippai de nouveau les montants de l'échelle de corde et je fermai les yeux, attendant que mon cœur cesse de s'agiter comme un fou.

– Ohhhh... réussis-je à articuler.

– Je t'ai sauvé la vie, dit Sari en toute simplicité.

J'ouvris les yeux. Son visage était penché sur le mien.

– Merci, murmurai-je avec gratitude.

– De rien!

Un petit rire de soulagement lui échappa. Pourquoi n'était-ce pas moi qui lui avais sauvé la vie? me demandai-je, furieux. Pourquoi n'avais-je jamais l'occasion d'être le grand héros?

– Que se passe-t-il, Gabriel? cria Oncle Ben.

L'écho de sa voix sonore se répercutait dans les

ténèbres. Le faible halo lumineux de sa torche électrique dansait sur les parois de calcaire.

– Rien de grave ! répondis-je. Je me suis un peu fait mal aux mains, c'est tout.

– Prends ton temps, me suggéra-t-il patiemment. Une marche à la fois, d'accord ?

– Oui, oui.

Ma respiration était redevenue normale. Je descendis sans me presser le long de l'échelle, en prenant soin de ne pas glisser cette fois.

Un instant plus tard, nous étions réunis tous les trois dans la galerie, chacun braquant sa torche devant soi.

– Suivez-moi, dit Oncle Ben. Et ne vous éloignez pas.

Nos tennis crissaient sur le sol sablonneux. Je repérai l'ouverture d'une deuxième galerie sur ma droite, puis celle d'une autre encore sur ma gauche.

– Songez que l'air que nous respirons est enfermé ici depuis quatre mille ans, observa mon oncle.

– Ça se sent, chuchotai-je à Sari, qui se mit à rire.

Il régnait en effet dans l'atmosphère une vieille odeur de poussière, un peu comme dans un grenier. Au bout d'un moment, la galerie parut s'élargir, sa pente devint plus accentuée.

– Nous nous enfonçons davantage sous terre, reprit Oncle Ben. Vous n'avez pas l'impression de dévaler une colline ?

– Oui, c'est vrai ! approuvai-je.

– Hier, j'ai exploré une des galeries latérales avec papa, me confia Sari. Nous avons trouvé un sarco-

phage dans une chambre minuscule. Un beau sarcophage en parfait état.

– Est-ce qu'il y avait une momie à l'intérieur?
demandai-je, tout excité.

Je mourais d'envie de voir une momie. Le musée de
ma ville n'en possédait qu'une. J'avais passé ma vie
à la contempler et à l'étudier.

– Non, il était vide, répondit Sari.

J'allais lui faire part de ma déception quand je
m'aperçus que le lacet de ma chaussure gauche
venait encore de me lâcher.

– Attends, Sari! Juste une seconde, dis-je en me
baissant pour le rattacher.

La galerie se divisait brusquement en deux. Oncle
Ben nous entraîna dans celle de gauche, un tunnel si
étroit qu'il nous obligeait à courber l'échine jusqu'à
ce que l'on arrive enfin dans une chambre spacieuse
et haute de plafond. En émergeant, je m'étirai, les
bras levés. C'était merveilleux de ne plus avoir à se
ratatiner.

Je regardai la vaste pièce autour de moi. Plusieurs
personnes s'activaient sur la paroi du fond qu'elles
étaient en train de dégager à l'aide d'outils spéciaux.
Des projecteurs puissants, reliés à un générateur,
éclairaient le champ des opérations.

Oncle Ben nous présenta au groupe. Il y avait quatre
ouvriers, deux hommes et deux femmes. Un autre
individu se tenait légèrement à l'écart, un carnet de
croquis à la main. C'était un Égyptien, vêtu de blanc
des pieds à la tête, à l'exception d'un mince foulard

rouge autour du cou. Il avait des cheveux très noirs, tirés en arrière et attachés sur la nuque en queue de cheval. Il nous dévisagea, Sari et moi, mais ne s'approcha pas. Il semblait nous étudier à distance. Mon oncle lui fit un petit signe.

– Ahmed, vous avez rencontré ma fille hier. Voici maintenant mon neveu, Gabriel.

Ahmed se contenta de hocher la tête sans nous adresser le moindre sourire.

– Ahmed est délégué par l'Université, m'expliqua Oncle Ben à voix basse. Il a demandé la permission d'observer nos travaux, et j'ai donné mon accord. Il parle peu, mais si vous le lancez sur les vieilles malédictions égyptiennes, il devient intarissable. C'est lui qui n'arrête pas de me répéter que nous courons un danger mortel.

Ahmed hocha de nouveau la tête, et ne fit pas de commentaire. Il me regarda avec insistance un bon moment.

«Bizarre, ce type», pensai-je.

Je me demandais s'il accepterait de me raconter des histoires de malédictions et de mauvais esprits. J'étais sûr d'aimer ça.

Oncle Ben se tourna vers ses ouvriers.

– Alors, ça avance? interrogea-t-il.

– Je crois que nous sommes près du but, répondit un jeune rouquin qui portait un jean délavé et une chemisette bleue.

– Hmmm, fit Oncle Ben en se passant la main dans les cheveux. Et si nous nous trompions? La galerie que nous cherchons pourrait très bien se trouver de ce côté-là.

Il montrait la paroi à droite.

– Non, Ben, je suis certaine que nous brûlons, intervint une jeune femme au visage maculé de poussière. En attendant, j'ai quelque chose à vous montrer.

Elle l'emmena voir un grand monceau de pierres et autres débris. Il promena la lueur de sa torche sur ces vestiges, puis se pencha pour les examiner de plus près.

– Très intéressant, Claire.

Ils entamèrent une longue discussion. Au bout d'un moment, trois autres ouvriers entrèrent dans la chambre, armés de pelles et de pioches. L'un d'eux transportait une petite mallette de métal contenant une espèce d'appareil électronique. Cela ressemblait à un ordinateur portable.

J'aurais voulu demander à Oncle Ben ce que c'était, mais il continuait de discuter passionnément dans son coin avec la dénommée Claire.

Je rejoignis Sari près de l'entrée de la chambre. Elle avait l'air de bouder.

– Il nous a oubliés, marmonna-t-elle.

J'acquiesçai d'un hochement de tête, tout en baladant le faisceau de ma lampe sur le plafond craquelé.

Sari poussa un soupir.

– C'est toujours pareil. Dès qu'il retrouve ses ouvriers, il ne pense plus qu'à son travail.

– N'empêche que nous sommes à l'intérieur d'une

pyramide, dis-je pour lui changer les idées. C'est incroyable, non ?

Son visage s'éclaira. Du bout de sa chaussure, elle souleva un petit nuage de poussière.

– Ouais, regarde ! De la poussière antique.

Je m'empressai de l'imiter.

– Je me demande qui a posé le pied à cet endroit pour la dernière fois, il y a quatre mille ans, murmurai-je d'un ton rêveur. Peut-être une prêtresse égyptienne. Peut-être le pharaon en personne...

– Si nous faisions un peu d'exploration ? me proposa tout à coup Sari.

– Hein ?

Ses yeux brillaient, une étrange expression se lisait sur son visage.

– Allez, Ga-Ga, suis-moi. On va s'aventurer dans une de ces galeries.

– Ne m'appelle pas Ga-Ga ! protestai-je. Tu sais bien que je déteste ça.

– Désolée, s'excusa-t-elle avec un gloussement. Tu viens ?

– On ne peut pas. Ton père a dit que nous ne devions pas nous éloigner.

Je risquai un coup d'œil du côté d'Oncle Ben. Il échangeait des propos animés avec le type à la mallette.

– Il va être occupé pendant des heures, dit Sari en suivant mon regard. Il ne remarquera même pas notre absence.

– Mais, Sari...

– D'ailleurs tu vois bien qu'il ne veut pas nous avoir dans les pattes.

Elle me prit par les épaules et poussa, m'obligeant à reculer vers l'entrée de la chambre.

– Sari...

– J'ai déjà fait ça hier, poursuivit-elle sans cesser de me pousser. On n'ira pas loin. Tu ne risques pas de te perdre. Toutes les galeries rejoignent celle qui débouche ici.

Oncle Ben était à présent à genoux, s'entretenant avec un ouvrier qui donnait de légers coups de pioche à la base de la paroi.

– Sari, nous n'avons pas la permission, dis-je. Lâche-moi.

C'est alors qu'elle me lança ce que je redoutais, ce qu'elle me lance *toujours* quand elle veut arriver à ses fins :

– Tu as la trouille ?

– Mais non ! Ton père a dit...

– Il a la trouille ! chantonna-t-elle. La trouille ! La trouille !

C'était décidément odieux. Je m'efforçai de prendre mon air le plus menaçant.

– Arrête, Sari !

– Dis-moi, Ga-Ga, aurais-tu la trouille ? répéta-t-elle avec un sourire triomphant. Hein, Ga-Ga ?

– Tu vas arrêter de m'appeler comme ça ? m'étranglai-je.

Elle se contenta de me regarder. Je finis par capituler avec une grimace écœurée.

– Bon, d'accord. Allons faire ton exploration.

Avais-je le choix ? J'ajoutai cependant :

– Sans trop nous éloigner.

– Ne t'inquiète pas, on ne va pas se perdre. Je veux seulement te montrer quelques galeries que j'ai visitées hier. Dans l'une d'elles, il y a un drôle d'animal gravé sur la paroi. On dirait une espèce de chat, mais je n'en suis pas sûre.

– Vraiment ? m'écriai-je, aussitôt captivé. J'ai déjà vu des photos de gravures murales égyptiennes, et...

– C'est peut-être un chat, m'interrompit Sari. Ou peut-être une personne à tête d'animal. En tout cas, c'est bizarre.

– Où est-ce que tu as vu ça ?

– Suis-moi.

Je lui emboîtai le pas tandis qu'elle se glissait dans l'étroite galerie. En parvenant à l'endroit où celle-ci se scindait en deux, Sari prit le couloir de droite.

– Tu es sûre que tu sauras retrouver le chemin ? demandai-je.

– Aucun problème. Continue d'éclairer le sol devant toi. Un peu plus loin, il y a une petite chambre assez chouette...

Arrivée à un nouveau branchement, Sari s'engagea dans le couloir de gauche. Il y faisait un peu plus chaud, l'air dégageait toujours cette drôle d'odeur de moisi. Le couloir s'élargit, Sari se mit à marcher de plus en plus vite.

– Hé ! attends-moi ! criai-je.

Je découvris que mon lacet s'était encore défait.

Avec un grognement excédé, je me baissai pour l'attacher.

– Hé ! Sari, attends !

Elle ne semblait pas m'entendre. Je voyais le halo de sa lampe danser au loin.

Soudain, le halo disparut. Sa lampe s'était-elle éteinte ? Non, me dis-je. C'est probablement un tournant de la galerie qui m'empêche de la voir.

– Hé ! Sari ! Attends-moi ! Attends !

Mes yeux s'efforçaient de percer les ténèbres. Pourquoi ne répondait-elle pas ?

– Sari !

J'appelai encore et encore, écoutant l'écho de ma
voix se répercuter le long de la galerie et s'évanouir
dans le silence.

Cela me mit en colère. Je me doutais de ce que Sari
manigançait. Elle faisait exprès de ne pas répondre.
Elle voulait prouver qu'elle n'avait peur de rien,
alors que je m'affolais dès qu'on me laissait seul
dans le noir.

Je me rappelai soudain une époque lointaine où Sari
et Oncle Ben étaient venus séjourner chez nous,
quelques années plus tôt. Nous devions avoir sept ou
huit ans, Sari et moi.

Nous étions en train de nous amuser dans le jardin. Il
faisait gris, un orage menaçait d'éclater. Sari étren-
nait une corde à sauter toute neuve ; elle se donnait
en spectacle comme toujours, bondissant de plus en
plus haut pour montrer à quel point elle était agile. Et

quand ce fut mon tour, bien sûr, je trébuchai et je m'étalai de tout mon long tandis qu'elle riait comme une folle.

Je résolus de me venger en l'emmenant visiter la vieille maison abandonnée sur la colline, en haut de notre rue. Tous les gamins du voisinage prétendaient qu'elle était hantée. Nous adorions quand même jouer dedans – malgré l'interdiction de nos parents qui nous répétaient qu'elle tombait en ruine et que nous risquions un accident.

Je conduisis donc Sari devant la maison et lui racontai qu'elle était hantée. Je l'entraînai à l'intérieur par une fenêtre brisée du rez-de-chaussée.

Dehors, le ciel devint tout noir et la pluie se mit à tomber à verse. L'ambiance parfaite pour vous donner la chair de poule. Au visage tendu de Sari, je vis qu'elle n'était pas très rassurée. Moi, je n'avais pas peur, parce que je connaissais bien les lieux.

Je m'amusai à fureter dans tous les coins, mais au bout d'un moment, je m'aperçus que nous étions séparés. Le tonnerre grondait, des éclairs fendaient le ciel, la pluie dégoulinait sur les planchers. Je décidai qu'il valait mieux rentrer chez nous, et j'appelai Sari. Pas de réponse.

J'appelai encore. Toujours rien. C'est alors que j'entendis un craquement assourdissant.

Je courus de pièce en pièce sans cesser de crier son nom. Je tremblais de peur. J'avais la certitude qu'il lui était arrivé quelque chose de terrible. Impossible de la trouver.

Je me mis à pleurer. L'angoisse m'aveugla, je m'enfuis de la maison sous la pluie battante.

Je galopai sous le fracas du tonnerre et des éclairs, je pleurai tout le long du chemin. En arrivant chez moi, j'étais trempé des pieds à la tête. Je me ruai dans la cuisine pour avouer entre deux sanglots que j'avais perdu Sari dans la maison hantée.

Et elle était là. Assise à la table de la cuisine, bien au sec. En train de manger une grosse tranche de gâteau au chocolat avec un sourire satisfait.

Alors maintenant, tout en scrutant désespérément les ténèbres au fond de la pyramide, je me disais que Sari me jouait le même genre de tour.

Elle voulait m'effrayer. Me tourner en ridicule.

Mais était-ce vraiment le cas?

Au fur et à mesure que je progressais dans la galerie, les yeux fixés sur le halo de ma lampe, ma colère se transforma en inquiétude, et le doute s'installa dans mon esprit. Avait-elle eu un accident? Était-elle tombée dans un trou sans fond? Peut-être m'appelait-elle au secours quelque part...

Affolé, je hâtai le pas. Elle ne devait pas être bien loin de moi, j'allais certainement apercevoir la lueur de sa lampe. Nous étions restés dans la même galerie depuis le début, et il n'y avait aucun endroit où se cacher le long de la paroi.

J'atteignis soudain le bout de la galerie, qui débouchait sur une petite chambre carrée. Impossible d'aller plus loin. Je promenai ma lampe autour de moi.

– Sari ?

Toujours aucun signe de sa présence.

Les murs de la chambre étaient nus.

– Ooooh.

Ce cri m'échappa lorsque j'aperçus un objet rangé le long de la paroi qui me faisait face. Fasciné, je m'en approchai. C'était un sarcophage. Un grand sarcophage de pierre d'au moins deux mètres de long, rectangulaire, avec des coins arrondis. Le couvercle s'ornait d'un visage sculpté, un visage de femme dont les yeux grands ouverts regardaient le plafond. Un masque mortuaire.

– Ouaouh ! m'écriai-je. Un vrai sarcophage !

Le visage sculpté sur le couvercle avait dû être peint de couleurs vives en son temps ; mais leur altération au fil des siècles lui donnait à présent un aspect grisâtre.

Je me demandai si Oncle Ben connaissait l'existence de ce sarcophage, ou si je venais de faire une découverte. Et que pouvait-il y avoir à l'intérieur ?

Rassemblant mon courage, j'avançai la main pour caresser la pierre lisse du couvercle quand un sinistre craquement arrêta mon geste.

Je vis le couvercle se soulever doucement.

Je crus d'abord être le jouet de mon imagination. Sans bouger un muscle, je concentrai mon attention sur le sarcophage. Le couvercle se souleva un peu plus.

– Aaahh ! m'écriai-je.

J'entendis une espèce de chuintement, comme quand

un ballon crevé se dégonfle. Je bondis en arrière, ma lampe m'échappa. Je la ramassai d'une main tremblante et la dirigeai de nouveau sur le sarcophage. Le couvercle continuait de s'ouvrir lentement.

J'aurais voulu m'enfuir en hurlant, mais la peur me bloquait. Mes jambes ne m'obéissaient plus, j'étais incapable d'émettre un son.

Le couvercle s'ouvrit tout à fait.

Du fond ténébreux du cercueil antique, deux yeux luisants me regardaient.

La terreur me cloua sur place. Un frisson me parcourut le dos. Les yeux qui me dévisageaient étaient froids, démoniaques. Des yeux d'outre-tombe.

Avant même de m'en rendre compte, je me mis à hurler.

Comme dans un cauchemar, je vis une sombre silhouette émerger lentement du sarcophage et mettre pied à terre.

Sari !

Elle avait un grand sourire aux lèvres, une lueur moqueuse dans le regard.

– Sari, ce... ce n'est pas drôle ! braillai-je d'une voix suraiguë qui sembla rebondir sur les parois de la chambre.

Mais à présent, elle riait tellement fort qu'elle ne pouvait pas m'entendre.

Fou de colère, je cherchai autour de moi quelque chose à lui lancer à la tête et ne trouvai rien, pas même un galet. Je dus me contenter de la regarder d'un air féroce, la poitrine encore soulevée de frayeur. Je l'aurais volontiers assommée. Elle m'avait tourné en ridicule. Elle m'avait fait hurler de peur comme un bébé.

– Si tu voyais ta tête ! s'exclama-t-elle quand elle eut fini de rire. Dommage que je n'aie pas mon appareil photo !

J'étais trop furieux pour répondre. Je ne pus que grogner.

J'avais sorti la petite main de momie de la poche de mon jean et je la triturais machinalement, comme toujours quand je suis contrarié. En général, ça m'aide à me calmer.

– Je t'ai dit que j'avais trouvé un sarcophage vide, hier, me rappela Sari en repoussant les cheveux qui lui retombaient sur le visage. Tu ne t'en souvenais donc pas ?

Je grognai de nouveau. Je me faisais l'effet d'un parfait imbécile. Je m'étais laissé prendre deux fois de suite à une stupide histoire de momie.

Je me jurai silencieusement de rendre à Sari la monnaie de sa pièce. À n'importe quel prix.

Soudain, j'entendis un bruit de pas provenant de la galerie. L'expression de Sari changea. Elle avait entendu aussi.

Quelques secondes plus tard, Oncle Ben fit irruption dans la petite chambre. Même dans la pénombre, sa mauvaise humeur me sauta tout de suite aux yeux.

– Je croyais qu'on pouvait vous faire confiance ! tonna-t-il.

— Papa... commença Sari.

— Je vous avais demandé de ne pas vous éloigner sans me prévenir ! interrompit-il vivement. Vous ne savez donc pas que vous risquez de vous perdre ? Vous perdre pour toujours ?

— Papa, répéta Sari, je voulais seulement montrer à Gabriel cette chambre que j'ai découverte hier. On allait revenir, je t'assure.

Mais il ignora cette explication.

— Il y a des centaines de galeries, poursuivit-il. Beaucoup n'ont jamais été explorées. Personne n'a encore mis les pieds dans cette partie de la pyramide avant nous. Ce que vous venez de faire est très dangereux. Je vous interdis de vous balader comme ça ! Et mon inquiétude, quand je me suis aperçu que vous n'étiez plus là, vous y avez pensé ?

Tout penauds, nous ne savions quoi répondre.

— Filons maintenant ! dit Oncle Ben en entraînant Sari vers la sortie. Votre visite de la pyramide est finie pour aujourd'hui.

Je les suivis dans la galerie. Je me sentais vraiment démoralisé. Non content de m'être laissé prendre à la stupide plaisanterie de cette chipie, j'avais provoqué la colère de mon oncle préféré.

« Sari ne m'attire que des ennuis, pensai-je amèrement. Depuis que nous sommes tout petits. »

Nous retournâmes à l'hôtel du Caire pour y passer la nuit. Je battis Sari deux fois de suite au scrabble, mais cela ne me remonta pas le moral. Elle se plaignait tout le temps qu'elle n'avait que des voyelles, et que ce n'était pas juste. En fin de compte, je rangeai mon scrabble et me mis à regarder la télé sans comprendre ce qui s'y passait. Cela me fit bientôt tomber de sommeil.

Le lendemain matin on nous monta le petit déjeuner dans la chambre. J'avais commandé des toasts grillés, mais ils étaient mous et insipides, et la première bouchée me resta en travers de la gorge.

– Qu'est-ce qu'on va faire aujourd'hui? demanda Sari à Oncle Ben qui s'étirait et bâillait après avoir bu sa deuxième tasse de café.

– J'ai rendez-vous au musée du Caire, répondit-il en jetant un coup d'œil sur sa montre. C'est à deux pas d'ici. Vous pourriez peut-être m'accompagner et vous promener dans le musée en m'attendant.

Puis il ajouta:

– Le musée possède une belle collection de momies, Gabriel. Tu aimeras ça.

– À moins qu'elles ne sortent de leur sarcophage, observa Sari.

Désopilant. Je lui tirai la langue. Elle me lança sa boîte de corn flakes que je rattrapai au vol.

– Quand est-ce que mes parents vont rentrer? demandai-je à Oncle Ben.

Je venais soudain de me rendre compte qu'ils me manquaient.

Mon oncle ouvrit la bouche pour me répondre, mais le téléphone sonna, et il alla prendre la communication. Par la porte de la chambre, je vis son visage se charger d'inquiétude au fur et à mesure qu'il écoutait son interlocuteur.

– Changement de programme, nous annonça-t-il après avoir reposé le combiné.

– Que se passe-t-il, Papa ? s'étonna Sari.

– C'est curieux, répondit-il en se grattant la tête. Deux de mes ouvriers ont eu un malaise cette nuit. Ils sont atteints d'une mystérieuse maladie. On a dû les conduire à l'hôpital du Caire.

L'air préoccupé, il rassembla hâtivement quelques affaires et récupéra son cartable.

– Il faut que j'aille les voir tout de suite, expliqua-t-il.

– Et nous, Papa, qu'est-ce qu'on devient ? interrogea Sari en me regardant.

– Je ne serai absent qu'une heure au plus, lui répondit-il. Attendez-moi ici, d'accord ?

– Dans la chambre ? s'écria Sari comme s'il s'agissait d'une horrible punition.

– Bon, vous pouvez descendre à la réception, si vous voulez. Mais ne quittez pas l'hôtel.

Il enfila une saharienne, vérifia le contenu de son cartable et quitta les lieux.

Nous nous retrouvions seuls, et ne savions pas trop que faire.

– Qu'est-ce que tu proposes ? demandai-je au bout d'un moment. D'ici quelques minutes, il va faire une chaleur épouvantable dans cette chambre.

– Alors, il faut sortir, décida Sari en se levant.

– Tu veux dire descendre à la réception ?

– Non. Je veux dire sortir *dehors*.

Elle se dirigea vers le miroir du salon et se mit à brosser ses longs cheveux noirs.

– Mais Oncle Ben nous a... commençai-je.

– Nous n'irons pas loin, m'interrompit-elle. Si tu as peur, bien sûr, tu peux rester.

Je lui fis une grimace dans le dos. Je ne pense pas qu'elle s'en aperçut. Elle était trop occupée à s'admirer dans la glace.

– D'accord, lui dis-je. On pourrait aller au musée. D'après ton père, c'est juste à côté.

J'avais décidé de ne plus être celui qui geint et qui proteste. À partir de maintenant, je lui montrerais que j'avais de la témérité à revendre, moi aussi.

– Le musée... ? Si tu veux, fit-elle en se retournant pour me regarder. Après tout, nous avons douze ans. Nous ne sommes plus des bébés. Nous pouvons aller où bon nous semble !

– C'est sûr ! affirmai-je. Je vais laisser un mot à Oncle Ben pour le rassurer, au cas où il rentrerait avant nous.

Je saisis un bout de papier et un crayon sur le bureau.

– Si tu as peur, Ga-Ga, nous pouvons nous contenter de faire le tour du pâté de maisons, reprit-elle d'une voix moqueuse.

Elle me dévisageait, attendant ma réaction.

– Ne dis pas de bêtises, répliquai-je. Nous allons au musée. Sauf si c'est toi qui a peur.

– Ne dis pas de bêtises ! minauda-t-elle en s'efforçant de m'imiter.

– Et ne m'appelle pas Ga-Ga, ajoutai-je.

– Ga-Ga, Ga-Ga, Ga-Ga, répéta-t-elle, juste pour m'ennuyer.

Je laissai un message bien en évidence et quelques instants plus tard, dans le hall de l'hôtel, je demandai à la jeune réceptionniste le chemin du musée : il fallait tourner à droite en sortant, et continuer de marcher pendant trois cents mètres environ. Nous ne pouvions pas le manquer.

En émergeant sous le soleil, Sari parut hésiter.

– Tu te sens vraiment le courage d'y aller ?

– Et comment ! répondis-je. De toute façon, nous ne risquons rien. Que pourrait-il nous arriver ?

– En avant ! dis-je. C'est par là.

– Il fait chaud comme dans un four, se plaignit Sari.
La rue grouillait de monde et le vacarme des klaxons
était assourdissant. Ici, les chauffeurs appuient sur
leur klaxon dès qu'ils démarrent, et ils ne le lâchent
qu'une fois arrivés à destination.

Il fallut se frayer un chemin parmi la foule qui se
bousculait sur le trottoir : une foule composée de
toute sorte de gens. Il y avait des hommes d'affaires
en complet veston côtoyant des individus coiffés
d'une chéchia rouge, qui semblaient vêtus de pyja-
mas flottants ; il y avait des femmes élégantes arbo-
rant des tenues de couleurs vives à la dernière mode,
des jeunes filles en jean, des femmes au visage voilé
dissimulées dans de longues robes noires.

– Ça nous change drôlement de la France ! criai-je à
Sari par-dessus le bruit de la circulation.

J'étais si fasciné par le spectacle environnant que

j'en oubliai le but de notre promenade. Je découvris bientôt avec étonnement que nous nous trouvions au pied de l'escalier du musée, une grande structure de pierre qui dominait la rue de toute sa hauteur.

Suivi de Sari, je grimpai les marches et poussai la porte tournante.

– Quel silence! chuchotai-je, impressionné.

Le brouhaha de la rue avait cédé la place à un calme feutré. Nous étions au centre d'un hall immense, flanqué de part et d'autre par un grand escalier de marbre. Deux colonnes blanches encadraient une large porte donnant sur l'arrière du musée. Sur notre droite, une vaste fresque offrait une vue aérienne des pyramides et du Nil.

Après avoir admiré cette fresque un moment, je décidai de demander à la jeune femme du bureau des renseignements où se trouvait la salle des momies. Avec un sourire charmant, elle nous indiqua l'escalier à droite.

Nos tennis faisaient un drôle de bruit sur le marbre luisant. L'escalier n'en finissait pas.

– J'ai l'impression d'escalader une montagne, haletai-je à mi-chemin.

– Le premier qui arrive en haut! me lança Sari en souriant.

Elle démarra sans me laisser le temps de répondre et, bien sûr, me battit de dix bonnes marches. Je m'attendais à ce qu'elle me traite de limace ou quelque chose de ce genre, mais la curiosité l'empêcha de me prêter attention.

Devant nous, une salle sombre et haute de plafond semblait s'étendre à l'infini. Dans l'entrée se trouvait une vitrine de verre contenant une maquette de bois et d'argile. Je m'en approchai pour l'examiner. Elle montrait des centaines d'ouvriers en miniature qui traînaient de gros blocs de pierre sur le sable en direction d'une pyramide partiellement construite.

Plus loin dans la salle, on pouvait distinguer des statues gigantesques, des sarcophages, des vitrines de poterie et de verrerie, une multitude d'objets d'art et autres vestiges.

– Cet endroit est génial! m'exclamai-je joyeusement.

– Oh, qu'est-ce que c'est que ça? demanda Sari en pointant le doigt vers une statue colossale contre un mur. Une espèce de chien géant?

La créature avait une tête de chien féroce sur un corps de lion. Elle regardait droit devant elle, prête à bondir sur tout intrus de passage.

– Ils installaient ce genre de statues devant les tombes, dis-je. Pour les protéger des pilleurs.

– Comme des chiens de garde, opina Sari.

– Hé! il y a une momie dans ce sarcophage, m'écriai-je en me penchant sur un ancien cercueil de pierre. Regarde!

– Ouais, c'est bien une momie, fit Sari, blasée. Et après?

Elle avait dû en voir beaucoup plus que moi. Pour ma part, j'étais fasciné par ce corps décharné enserré dans son cocon de bandelettes jaunâtres – les mains croisées sur la poitrine, chaque doigt soigneusement enveloppé lui aussi.

– Tu sais comment ils fabriquaient les momies ? repris-je en passant de l'autre côté du sarcophage. La première étape consistait à enlever le cerveau du mort...

– Beurk. Arrête ! fit-elle avec une grimace de dégoût.

– Tu ne *savais pas* ça ? m'étonnai-je, ravi d'avoir quelque chose de vraiment répugnant à lui apprendre.

– Et je ne veux pas le savoir, dit-elle en levant la main comme pour m'empêcher de parler.

– Mais c'est intéressant ! insistai-je. Donc, il fallait commencer par enlever le cerveau. Pour ça, ils avaient un outil spécial, une espèce de long crochet. Ils le poussaient dans le nez du cadavre jusque sous le crâne, et là, ils l'agitaient d'avant en arrière, encore et encore, et le cerveau devenait de la bouillie.

– Ça *suffit* ! protesta-t-elle en se bouchant les oreilles.

– Ensuite, ils retiraient cette bouillie par le nez, petit à petit, à l'aide d'une cuillère. Ou alors, ils arrachaient un œil au mort, et ils retiraient la bouillie par le trou de l'orbite...

– Gabriel, *je t'en prie*, supplia Sari.

Elle avait le teint vert, et paraissait sur le point de vomir. Moi, j'étais aux anges. Je venais enfin de découvrir un de ses points faibles. Stupéfiant ! pensai-je. Il ne faudra pas oublier cette technique.

– Tout ça est vrai, je t'assure, dis-je en maîtrisant à grand-peine mon envie de rire.

– Oh ! ferme-la, marmonna-t-elle d'une voix éteinte.

– Parfois, bien sûr, pour aller plus vite, ils sciaient le crâne en deux. Après avoir ôté le cerveau, ils remettaient les deux moitiés ensemble, et je suppose qu'ils les faisaient tenir avec des bandelettes...

J'observais ses réactions tout en parlant. Elle semblait de plus en plus mal à l'aise, respirait avec difficulté. Aurait-elle la bonne idée de vomir ? Si cela se produisait, j'étais vengé à jamais.

– Ton père ne t'a jamais expliqué ça ? demandai-je. Elle secoua la tête.

– Non. Il sait que je n'aime pas...

– Et tu sais ce qu'ils faisaient des boyaux ? l'interrompis-je en savourant son expression effarée. Ils les mettaient dans des jarres et...

Je m'aperçus soudain que ce n'était pas moi qu'elle regardait ainsi, mais quelque chose par-dessus mon épaule.

– Hmmm ?

Je me retournai, et je découvris la raison de sa surprise. Un homme venait de pénétrer dans la salle ; il se tenait devant la première vitrine, à quelques pas de nous. Je le reconnus aussitôt.

C'était Ahmed, l'étrange et silencieux Égyptien à la queue de cheval qui nous avait accueillis de façon si peu aimable dans la pyramide. Il portait les mêmes amples vêtements de coton blanc et le même petit bandana rouge autour du cou. Et son expression était toujours aussi inamicale. Pour ne pas dire coléreuse.

Il nous regarda tour à tour, puis fit un pas en avant.

– Gabriel, me souffla Sari, j'ai l'impression que c'est à nous qu'il en veut.

Sa main se crispa sur mon bras.

– Fichons le camp ! ajouta-t-elle.

J'hésitai. Ne valait-il pas mieux commencer par le saluer ? Mais quelque chose dans l'expression déterminée d'Ahmed me persuada du contraire.

Tournant les talons, j'entraînai Sari à toute allure. Par-dessus mon épaule, je vis qu'Ahmed nous suivait. Il nous lança d'une voix menaçante quelque chose que je ne compris pas.

– Courons ! s'exclama Sari.

J'obéis et contournai d'abord une énorme vitrine qui contenait trois sarcophages, je fis des zigzags entre les sculptures et les étagères garnies de vieilles poteries. Derrière nous, on entendait Ahmed crier rageusement :

– Revenez ! Revenez !

Le claquement de ses semelles sur le marbre poli résonnait dans l'immense salle vide.

– Il va nous rattraper ! dis-je à Sari qui me devançait de quelques pas.

– Il doit bien y avoir une sortie ! me répondit-elle, hors d'haleine.

Mais je savais déjà qu'elle se trompait. Nous avions presque atteint le fond de la salle. Encore une statue et un gigantesque sphinx, et... cul-de-sac ! Pas de porte, pas d'issue. Devant nous se dressait un solide mur de granit.

Je me retournai, imité par Sari. Ahmed arrivait sur nous, une lueur de triomphe dans les yeux.

Nous étions coincés.

Ahmed s'immobilisa devant nous. Il haletait comme un chien essoufflé et se tenait le côté. Il devait avoir une crampe.

Sari était pâle, vraiment effrayée. Nous avions le dos au mur. Je déglutis, la gorge serrée. Qu'allait-il nous faire ?

— Pourquoi vous êtes-vous sauvés ? articula-t-il enfin entre deux respirations bruyantes.

Nous ne trouvions rien à répondre.

— J'avais un message pour toi, dit-il à Sari. De la part de ton père.

Il dénoua son foulard rouge et en essuya son front couvert de sueur.

— Pourquoi vous êtes-vous sauvés ? répéta-t-il.

— Un m-message ? bégaya Sari.

— Oui. Vous me connaissez, tous les deux. Nous nous sommes déjà rencontrés. Je ne comprends pas pourquoi vous vous êtes enfuis en m'apercevant.

— Désolée, dit Sari en me donnant un petit coup de

coude. Gabriel était en train de me raconter des histoires horribles, c'est sa faute. Il m'a fait peur, et quand je vous ai vu arriver, je ne sais pas ce qui m'a pris...

– Nous n'avions pas les idées claires, balbutiai-je, à la fois soulagé et embarrassé.

– Ton père m'a envoyé vous chercher, reprit Ahmed sans cesser de nous fixer de ses inquiétants yeux noirs. Mais je ne pensais pas qu'il me faudrait vous poursuivre à travers tout le musée...

Je me sentais de plus en plus ridicule, et j'étais sûr que Sari partageait ma confusion.

– Papa est rentré à l'hôtel ? interrogea-t-elle. Il a trouvé la note de Gabriel ?

– Oui.

– Il est revenu de l'hôpital drôlement vite ! s'étonna Sari en jetant un coup d'œil sur sa montre.

– Oui, répéta Ahmed. Et maintenant, allons-y. Je vais vous reconduire à votre hôtel. Il vous y attend.

Nous le suivîmes en silence, marchant à quelques pas derrière lui, et échangeant des regards penauds. Comme nous avions été stupides !

Un instant plus tard, nous nous retrouvions sur le trottoir grouillant de monde, assaillis par les coups de klaxon. Les voitures roulaient comme des escargots en une file ininterrompue. Entre deux brusques coups de frein, des chauffards se braillaient des insultes, le poing brandi par la portière.

Ahmed s'assura que nous étions près de lui et nous pilota parmi la foule.

– Hé! attendez! lui dis-je. Vous vous trompez. L'hôtel est de l'autre côté.

Il se contenta de me jeter un regard par-dessus son épaule.

– J'ai garé ma voiture un peu plus loin.

– Votre voiture? s'étonna Sari. Mais l'hôtel n'est qu'à cinq minutes! Nous pouvons très bien y aller à pied, Gabriel et moi. Ce n'est pas la peine de nous reconduire.

– Ça ne m'ennuie pas du tout, répondit Ahmed en se plaçant entre nous.

Il nous empoigna chacun par un bras pour nous obliger à hâter le pas. Il nous fit traverser la rue.

Je m'apprêtais à dire qu'à pied nous serions arrivés depuis longtemps, quand Ahmed annonça:

– Nous y voilà.

Sa voiture était une vieille chose déglinguée couverte de poussière. Le siège à côté du chauffeur avait les tripes à l'air. Ahmed nous ouvrit la portière arrière et nous poussa sur la banquette.

– Ouille! criai-je.

Le cuir de la banquette était brûlant.

– Le volant est très chaud aussi, observa Ahmed en bouclant sa ceinture de sécurité.

Il tâta le volant à plusieurs reprises, des deux mains, afin de s'habituer à la chaleur; puis il tourna la clé de contact. Le moteur toussa. Au deuxième essai, la voiture démarra et se glissa dans le flot de la circulation. Immédiatement, Ahmed se mit à klaxonner comme un fou et à injurier entre ses dents le véhicule qui nous précédait. Nous avancions avec une lenteur désespérante, nous immobilisant à chaque instant.

– Je me demande pourquoi papa n'est pas venu nous chercher, me murmura Sari tout en regardant la foule à travers la vitre poussiéreuse.

– Il a dit qu'il préférait vous attendre à l'hôtel, répondit Ahmed depuis le siège avant.

Soudain, il tourna à droite de façon si brusque que je me renversai à moitié sur Sari. En reprenant mon équilibre, je vis que la voiture s'était engagée dans une vaste avenue et prenait de la vitesse. Je compris aussitôt que nous allions dans la mauvaise direction, nous *éloignant* de l'hôtel.

– Heu... Ahmed, je crois que l'hôtel est derrière nous, dis-je en montrant la vitre arrière du pouce.

– Tu dois te tromper, répondit-il doucement. Nous sommes presque arrivés.

– Non, je vous assure, insistai-je.

Il se trouve que j'ai le sens de l'orientation. Papa et maman affirment souvent qu'ils n'ont pas besoin de consulter un plan quand je suis avec eux. Sari tourna la tête vers moi, perplexe. Elle commençait à s'inquiéter.

– Détendez-vous et profitez de la balade, nous suggéra Ahmed en nous jetant un coup d'œil dans le rétroviseur. Avez-vous attaché vos ceintures ? Autant le faire tout de suite.

Il souriait de façon mécanique, sans la moindre chaleur. Son ton avait quelque chose de menaçant.

– Ahmed, nous allons beaucoup trop loin ! m'écriai-je.

J'avais peur, à présent. Les bâtiments qui défilaient par la fenêtre étaient plus espacés, plus décrépits. Nous quittions la ville.

– Détendez-vous ! répéta-t-il avec une impatience croissante. Je sais où je vais.

Je regardai Sari. Elle paraissait tout aussi angoissée que moi. Nous venions de comprendre qu'Ahmed nous mentait depuis le début. Il ne nous ramenait pas à l'hôtel. Il nous emportait vers une direction inconnue.

Nous avions été kidnappés !

Voyant qu'Ahmed nous observait toujours dans le rétroviseur, je fis semblant d'avoir du mal à attacher ma ceinture de sécurité. Tout en me débattant avec les sangles, je me penchai vers Sari et lui murmurai à l'oreille :

– Au prochain arrêt. Tiens-toi prête.

Elle parut d'abord ne pas comprendre ; puis je vis une lueur traverser son regard, et elle hocha imperceptiblement la tête.

Nous étions tendus tous les deux, l'œil rivé sur la poignée de la portière. La circulation ralentit, Ahmed donna un brusque coup de frein.

– Maintenant ! m'exclamai-je.

Je bondis sur ma portière et me jetai dans la rue. En même temps que me parvenait le cri de surprise d'Ahmed, je vis que Sari en avait fait autant de son côté et qu'elle détalait déjà à toutes jambes. Je m'élançai derrière elle, ignorant le concert de coups de klaxons qui retentissait autour de nous.

Elle s'engagea dans une ruelle latérale qui se faufilait entre deux rangées de maisons blanches. Je la rejoignis. Nous n'avions pas échangé une parole, et le bruit sourd de nos pas sur le pavé me donnait une impression d'irréalité. Au bout d'un moment, la ruelle déboucha comme par enchantement sur une place de marché animée, peuplée de marchands de fruits et de légumes. Nous n'arrêtions pas de courir.

– Tu crois qu'il nous suit ? haleta Sari.

Je jetai un coup d'œil par-dessus mon épaule.

– Je n'en ai pas l'impression, répondis-je.

Mais j'avais très peur. « Faites qu'il ne nous ait pas suivis, priai-je en silence. S'il vous plaît, faites qu'il ne nous rattrape pas ! »

Au bout d'une autre ruelle, une vaste avenue s'offrit à nous. Suivi de près par Sari, je jouai des coudes pour me perdre dans la foule.

Un instant plus tard, nous nous arrêtions devant l'entrée d'un grand magasin. Hors d'haleine, je me penchai en avant, les mains sur les genoux, essayant de reprendre ma respiration.

– Nous l'avons semé, murmura Sari qui ne cessait de jeter des regards inquiets dans la direction d'où nous étions venus.

– Ouais. Tout va bien, dis-je avec optimisme.

Je lui souris, mais elle ne me rendit pas mon sourire. Son visage était blanc de frayeur. Ses yeux continuaient de scruter la foule.

– Tout va bien, répétai-je d'une voix rassurante. Tout va bien Sari, n'aie pas peur.

– Il n'y a qu'un petit problème, objecta-t-elle en acceptant enfin de me regarder.

– Hein ? Quel problème ?

– Nous sommes perdus, Gabriel. Complètement perdus.

Je sentis mon estomac se nouer.

Je m'efforçai toutefois de maîtriser mon angoisse. De nous deux, Sari avait toujours été l'audacieuse, la championne, et moi le petit froussard. Je n'allais pas laisser passer cette occasion de lui montrer qui était le champion, maintenant.

– Qu'est-ce que tu racontes ? dis-je. Il suffit de demander à n'importe qui le chemin de l'hôtel.

– Mais nous ne parlons pas l'arabe ! gémit-elle, au bord des larmes.

– Heu... aucune importance, affirmai-je, désinvolte. Je suis sûr que quelqu'un...

– Nous sommes perdus, répéta-t-elle, misérable.

C'est alors que j'entrevis la solution du problème garée le long du trottoir. Un taxi !

– Viens ! m'écriai-je en entraînant Sari par le bras. Le chauffeur, un individu avec une grosse moustache et portant un petit bonnet gris, se retourna d'un air surpris en nous voyant nous installer sur la banquette arrière.

– L'hôtel central ! ordonnai-je de mon ton le plus blasé.

Le chauffeur me regarda, déconcerté. Il ne paraissait pas comprendre.

– Voulez-vous nous conduire à l'hôtel central du

Caire, s'il vous plaît ? articulai-je lentement et claire-
ment.
Le chauffeur rejeta sa tête en arrière, ouvrit tout
grand la bouche et éclata d'un rire sonore.

Le chauffeur riait tellement qu'il en pleurait.
Sari me serra le bras.
– Il travaille pour Ahmed, me chuchota-t-elle. Nous sommes tombés dans un piège !
Mon sang se glaça dans mes veines. Impossible ! Elle devait se tromper. Ne sachant plus que penser, je saisis la poignée de la portière, prêt à bondir dans la rue ; mais le chauffeur me fit signe d'arrêter.
– Hôtel du Caire ? demanda-t-il en essuyant ses yeux du revers de la main. Hôtel central du Caire ?
Il montra quelque chose à travers la vitre. C'était notre hôtel. Juste de l'autre côté de la rue. À quelques dizaines de mètres !
Le rire le secoua de nouveau.
– Merci ! criai-je sèchement en descendant du taxi.
Sari sortit derrière moi, la face hilare.
– Ça n'a rien de drôle, marmonnai-je.
Le chauffeur nous regardait toujours avec un large sourire.
– Allez, viens, ne fais pas cette tête, me dit Sari. Il faut tout raconter à papa.

Mais à notre étonnement, la chambre d'hôtel était vide. Mon message à Oncle Ben se trouvait toujours sur le bureau. Rien n'avait été touché ou déplacé.

– Il n'est pas revenu, observa Sari. Je m'en doutais. Ahmed nous a menti depuis le début.

Elle froissa mon message et le jeta dans la corbeille à papier. Je me laissai tomber sur le canapé avec un soupir.

– Je me demande ce qui se passe, dis-je. Je n'y comprends rien.

La porte s'ouvrit tout à coup, nous faisant sursauter tous les deux.

– Papa ! s'écria Sari en courant embrasser Oncle Ben.

J'étais bien content que ce soit lui plutôt qu'Ahmed. Il prit sa fille par la taille et la pilota vers le canapé. Son visage avait une expression un peu hébétée, absente.

– Papa, commença Sari, c'est bizarre, mais...

– Bizarre, en effet, marmonna-t-il en secouant la tête. Deux de mes meilleurs ouvriers...

– Oh ! j'avais oublié. Comment vont-ils ? l'interrogea Sari.

Oncle Ben s'affala dans un fauteuil. Son regard m'effleura sans me voir.

– Plutôt mal, répondit-il. Ils sont tous les deux... en état de choc. Je suppose que c'est l'expression qui convient.

– Ils ont été victimes d'un accident ? demandai-je. Dans la pyramide ?

– Je n'en sais rien. Ils ont perdu la parole. Je crois que quelqu'un – ou quelque chose – leur a fait peur. Tellement peur qu'ils en sont devenus muets. Les médecins semblent dépassés. Ils disent que...

– Papa ! l'interrompit Sari. Ahmed a essayé de nous kidnapper !

– Quoi ? Quel Ahmed ? Qu'est-ce que tu racontes ?

Il fronça les sourcils, déconcerté.

– Ahmed. Le type de la pyramide, expliqua Sari. Avec une queue de cheval et un petit foulard rouge. Celui qui est tout en blanc, et qui a toujours un carnet de croquis à la main.

– Il est venu nous chercher au musée, dis-je. Il prétendait que tu l'avais envoyé.

Oncle Ben bondit sur ses pieds.

– Le musée ? Qu'est-ce que vous fabriquiez au musée ? Je vous avais défendu...

– Papa, nous voulions seulement nous distraire, intervint Sari d'une voix enjôleuse, tout en lui caressant l'épaule pour l'amadouer. Il n'y a pas de mal à ça. Gabriel avait envie de voir des momies, alors nous y sommes allés. Et cet Ahmed a insisté pour nous ramener à l'hôtel en voiture. Il disait que tu nous y attendais.

– Mais il roulait dans la mauvaise direction, poursuivis-je. Alors, nous avons sauté de la voiture et nous nous sommes sauvés en courant.

– Ahmed ? *Ahmed* ?

Oncle Ben répétait le nom comme s'il avait du mal à en croire ses oreilles.

– Mais il avait d'excellentes références, murmura-t-il enfin. C'est un cryptographe. Il étudie l'écriture égyptienne. Il s'intéresse surtout aux inscriptions murales que nous découvrons.

– Alors, pourquoi est-il venu nous chercher ? demandai-je.

– Et où voulait-il nous emmener ? ajouta Sari.

– Je n'en ai pas la moindre idée. Mais j'ai bien l'intention de le découvrir !

Oncle Ben serra sa fille contre lui et reprit :

– Quel mystère ! Il ne vous a pas fait de mal ?

– Non, le rassurai-je. Tout va bien.

Il se dirigea vers la fenêtre, l'air préoccupé.

– Il faut que je retourne à la pyramide, nous annonça-t-il. J'ai donné congé à mes ouvriers pour aujourd'hui. Mais je dois savoir ce qui se passe.

Un nuage masqua soudain le soleil. La pièce s'assombrit.

– Je vais vous commander à dîner à la réception, reprit Oncle Ben. Vous attendrez sagement mon retour.

– Non ! cria Sari. Tu ne peux pas nous laisser ici !

– Tu ne préfères pas qu'on t'accompagne ? hasardai-je.

Il nous observa tour à tour et secoua la tête.

– Trop dangereux. Tant que je n'aurai pas découvert ce qui est arrivé à mes deux ouvriers, là-bas...

– Mais, Papa, et si Ahmed revenait nous chercher ? s'étrangla Sari, blanche de frayeur.

Oncle Ben fronça les sourcils.

– Ahmed, grogna-t-il. Ahmed.

– Papa, s'il te plaît ! supplia Sari.

Il finit par capituler.

– Bon, d'accord. Je crois que vous avez raison. Vous allez venir avec moi. Mais vous devez me promettre de ne pas vous éloigner ! dit-il en agitant l'index sous le nez de Sari. Plus de balades intempestives ! Plus de farces d'un goût douteux !

Mon oncle se dévoilait à mes yeux sous un nouvel aspect. Bien qu'il fût un savant réputé, il avait toujours été le plaisantin de la famille. Et voilà qu'il paraissait très sérieux, tout à coup. Et surtout drôlement inquiet.

Après avoir avalé un sandwich dans le restaurant de l'hôtel nous partîmes pour Gizeh.

La pyramide se découpa bientôt sur l'horizon et parut devenir de plus en plus massive à notre approche. Je me rappelai mon émotion admirative en la voyant pour la première fois, quelques jours auparavant. À présent, j'éprouvais plutôt un étrange malaise.

Oncle Ben gara la voiture à l'emplacement habituel, près de la petite entrée rectangulaire située derrière l'édifice.

Puis il s'en alla fouiller dans le coffre du véhicule et nous tendit, à Sari et à moi, un minuscule boîtier noir.

– C'est un appareil de reconnaissance, nous expliqua-t-il. Accrochez-le à votre ceinture. Quand vous appuyez sur ce bouton, l'appareil envoie des signaux électroniques à celui que je porte sur moi, ce qui me permet de repérer l'endroit où vous êtes. Bien sûr, je ne m'attends pas à ce que vous l'utilisiez puisque vous ne devez pas vous éloigner. Mais avec vous, on ne sait jamais...

Il nous remit également à chacun une torche électrique, comme la dernière fois.

– Soyez prudents, recommanda-t-il. Éclairez toujours le sol droit devant vous, à un mètre environ de vos pieds.

– On sait, Papa, on sait, dit Sari. On a déjà fait ça, tu te souviens?

– Contente-toi de suivre mes instructions! ordonna-t-il sèchement avant de s'engouffrer dans les ténèbres de la pyramide.

Quelques minutes plus tard, nous descendions de nouveau avec précaution l'échelle de corde et nous nous engagions dans la galerie. Oncle Ben menait la marche, le halo de sa torche dansant dans le noir. Sari lui emboîtait le pas, et je suivais quelques mètres derrière. En chemin, je vérifiai à tout hasard que la petite main de momie – mon porte-bonheur – était bien dans ma poche.

La galerie me semblait plus étroite et plus oppressante que jamais. Question d'humeur, je suppose. Quelque chose me frôla le visage. Je tressaillis et m'arrêtai pour éclairer la voûte. Au-dessus de ma tête s'étendait tout un réseau de toiles d'araignée. Je me fis le plus petit possible pour l'éviter et poursuivis mon chemin.

La galerie obliquait à gauche, puis amorçait sa pente raide jusqu'à l'endroit où elle se divisait en deux. Oncle Ben emprunta le tunnel à droite. Sari lui dit quelque chose que je ne saisis pas, car ils avaient pris plusieurs mètres d'avance sur moi. Je m'étais arrêté de nouveau pour éclairer ma chaussure gauche. Le lacet venait de se défaire.

– Oh, non, fulminai-je. Pas encore !

Je me baissai pour le rattacher, posant ma lampe sur le sol.

– Hé ! criai-je, attendez-moi !

Mais ils étaient en train de bavarder avec animation à propos de je ne sais trop quoi et ils ne me prêtèrent pas attention.

L'écho de leurs voix me parvenait sans que je puisse comprendre leurs paroles.

Je nouai mon lacet en toute hâte, empoignai ma lampe et me relevai.

– Hé ! attendez !

Où étaient-ils passés ? Je ne les entendais plus.

« Ça ne va pas recommencer ! » me dis-je.

– Héééééé ! braillai-je. Attendez-moi !

Mon cri se répercuta dans toute la galerie. Pas de réponse.

Ça n'arrivait décidément qu'à moi !

Je me rendis compte que j'éprouvais plus de colère que de peur. Oncle Ben allait me le payer ! Il avait fait tout un plat pour nous obliger à rester ensemble, et voilà qu'il m'abandonnait dans cette maudite galerie sans même se soucier de jeter un regard derrière lui !

Je me remis à marcher à toute allure, le regard fixé sur le faisceau de ma lampe. La galerie virait brusquement à droite, la pente devenait de plus en plus raide. L'air tiède commençait à dégager l'odeur familière de moisi.

– Oncle Ben ! appelai-je à tout hasard. Sari !

Ils ne devaient pas être bien loin. Je ne m'étais arrêté que le temps de lacer ma chaussure, sans doute m'attendaient-ils au prochain tournant.

Un léger bruit me fit tendre l'oreille. Non, rien. Voilà que mon imagination me jouait des tours.

Des tours ? Une idée lumineuse me traversa soudain l'esprit. Et s'il s'agissait d'une autre de leurs plaisanteries ? S'ils se cachaient dans un renfoncement, guettant ma réaction ?

Mais la futilité de mon raisonnement m'apparut très vite. Oncle Ben n'avait pas l'humeur à la plaisanterie, aujourd'hui. Il paraissait bien trop préoccupé par la soudaine maladie de ses deux ouvriers. Trop inquiet à propos de ce que nous venions de lui dire sur Ahmed.

Tout en poursuivant mon chemin, j'effleurai l'appareil de reconnaissance accroché à ma ceinture. Fallait-il appuyer sur le bouton? Je décidai que non. Sari ne manquerait pas de se moquer de moi, et d'aller raconter à tout le monde que j'avais appelé au secours deux minutes à peine après être entré dans la pyramide.

– Sari? Oncle Ben?

Pas d'écho. Les parois de la galerie semblaient se refermer sur moi. Dans un halo de lumière diffus et jaunâtre, je découvris qu'elles étaient sillonnées de longues fissures.

– Hé! vous autres! criai-je. Où êtes-vous?

Je dus m'arrêter brusquement parce que la galerie se divisait de nouveau en deux. Saisi d'angoisse, j'examinai les deux ouvertures. *Laquelle* avaient-ils choisie?

Je me précipitai dans le tunnel de gauche en criant leur nom. Pas de réponse. Je rebroussai chemin et pénétrai dans celui de droite. Il était plus large, plus haut de plafond.

Des centaines de tunnels, avait dit Oncle Ben. Un véritable labyrinthe.

M'interdisant d'y penser, j'avançai de quelques pas et les appelai encore. C'est alors que j'entendis quelque chose. Des voix? Je m'immobilisai. Le silence était tel à présent que je pouvais presque percevoir les battements de mon cœur. Puis le même son me parvint de nouveau.

Un drôle de chuintement, comme un chant d'insecte.

Pas une voix humaine.

– Oncle Ben ? Sari ?

La peur ne me quittait plus. Je résolus de faire taire mon orgueil et d'actionner mon appareil de reconnaissance.

Mais au moment où j'allais presser le bouton, un autre bruit arrêta mon geste. Le chuintement d'insecte avait cédé la place à un *craquement*.

Je tendis l'oreille. Le craquement devenait de plus en plus sonore. Il se produisait juste à l'endroit où je me trouvais.

Je braquai ma lampe sur mes chaussures, et découvris avec stupéfaction que le sol de la vieille galerie était en train de se fendre sous mes pieds. Au même instant, le bruit explosa littéralement, m'enveloppa de toutes parts.

Je n'eus même pas le temps de réagir. La fissure béante m'attira comme un aimant et je disparus dans un trou profond.

J'ouvris la bouche pour hurler, aucun son n'en sortit. Mes mains tentèrent de se raccrocher à quelque chose, mais ne battirent que le vide. Je fermai les yeux et me laissai tomber, tomber interminablement dans le noir.

12

Ma lampe heurta le sol avec fracas.

Puis ce fut mon tour. Un choc violent.

J'avais atterri sur le côté. Une douleur intense me traversa le corps et je vis un éclair rouge. Je crois que la force de l'impact me fit perdre connaissance un court instant.

J'ouvris les yeux dans une espèce de brouillard. Mon épaule me faisait particulièrement mal. Je la palpai avec précaution, puis bougeai le bras. Rien de cassé. Je m'assis, et le brouillard commença à se dissiper. Où donc étais-je? Une odeur rance assaillit mes narines. Une odeur de pourriture et de mort.

Ma torche électrique gisait près de moi. Je suivis du regard son faisceau lumineux et poussai un cri.

Elle éclairait une main humaine, contre un mur. Une main qui pendait au bout d'un bras tout raide.

Je saisis la torche en tremblant et la braquai sur cette apparition.

C'était une momie.

Debout, calée contre une paroi de granit. Un visage sans yeux, sans bouche, enveloppé de bandelettes. Elle semblait néanmoins m'observer, tendue, guettant ma réaction.

Une momie !

La lumière vacillait sur sa face impassible. Je me contentai d'écarquiller les yeux, bouche bée, figé de peur et de surprise, incapable de me lever. Le bruit saccadé de ma respiration montait à mes oreilles.

La momie continuait de me regarder sans me voir. Que faisait-elle plantée là, les bras pendants comme des piquets ? Les anciens Égyptiens ne laissaient pas leurs momies au garde-à-vous.

De toute évidence, elle n'allait pas se mettre à bouger et me sauter dessus. Je me détendis un peu.

– Du calme, Gabriel, dis-je à voix haute pour me rassurer.

Ces trois mots m'arrachèrent une quinte de toux. L'air était tellement suffocant ! Grognant de douleur parce que mon épaule me lançait toujours, je me remis debout tant bien que mal et promenai ma lampe autour de moi.

Je me trouvais dans une chambre immense et haute de plafond. Beaucoup plus grande que la chambre où travaillaient Oncle Ben et ses ouvriers. Et beaucoup plus encombrée.

– Oooh...

Une exclamation étouffée s'échappa de mes lèvres tandis que le pâle halo de ma lampe me révélait un stupéfiant spectacle. Des silhouettes obscures, enveloppées de bandelettes, m'entouraient de partout. La chambre était peuplée de momies ! Leurs ombres semblaient attentives à mes moindres mouvements. Réprimant un frisson, je reculai d'un pas. Ma lampe parcourut l'étrange décor, dansant sur des visages bandés, des bras, des troncs, des jambes...

Il y avait des momies adossées au mur ; des momies couchées sur des plaques de pierre, les bras croisés sur la poitrine ; des momies dans des positions bizarres, recroquevillées sur elles-mêmes ou dressées de toute leur hauteur, les bras tendus en avant comme des monstres de Frankenstein.

Je pivotai lentement sur place, effectuant un tour complet pour suivre le halo de ma lampe, et je me rendis compte que ma chute m'avait fait atterrir au centre de la chambre.

Je vis au passage une rangée de sarcophages ouverts, alignés contre une paroi. Derrière moi, je distinguai sur une longue table tout un déploiement de matériel : de curieux instruments métalliques, des piles de linge blanc, de gigantesques pots et jarres d'argile.

« Du calme, Gabriel, du calme. Respire lentement. »

Je me dirigeai vers la table d'un pas hésitant et examinai une haute pile de linge : c'était de la toile de

lin, cette étoffe légère qu'on découpait en bandelettes pour en envelopper les momies.

Rassemblant mon courage, je me penchai ensuite sur
quelques instruments, sans y toucher. Des instruments de momification, pinces, crochets, lames
aiguisées.

Je rebroussai chemin à toute vitesse. À ce moment,
ma lampe éclaira au loin un grand rectangle aux
reflets luisants, sur le sol. Intrigué, je décidai d'aller
voir ça de plus près. Pour m'en approcher, je dus
enjamber deux momies couchées sur le dos, non sans
réprimer un petit frisson.

Le rectangle était une cuve presque aussi vaste
qu'une piscine. Je me penchai par-dessus bord. Elle
était remplie d'un liquide épais et gluant, de la
consistance du goudron.

Était-ce une cuve de natron? J'avais lu quelque part
que les anciens Égyptiens plongeaient les corps de
leurs morts dans un bain de natron, ou carbonate de
sodium, pendant quarante jours avant de les embau-
mer. Sans doute ce natron avait-il servi à la fabrica-
tion des momies qui semblaient rôder silencieusement dans les parages...

Mais comment pouvait-il être mou après quatre mille
ans?

Une onde glaciale me parcourut soudain.

Pourquoi tout ce qui se trouvait dans cette chambre
– les instruments, les momies, le linge – était-il si
bien conservé?

Et pourquoi ces momies avaient-elles été abandonnées de la sorte, éparpillées çà et là dans des positions si étranges ?

Je compris que je venais de faire une incroyable découverte. En traversant le plafond, j'étais tombé par hasard dans une chambre secrète – un atelier funéraire – où les anciens Égyptiens transformaient les corps des défunts en momies.

Une fois de plus, l'odeur âcre flottant dans l'atmosphère me prit à la gorge, et je dus retenir ma respiration pour ne pas suffoquer. Une odeur de vieux cadavres, enfermée entre ces murs depuis des siècles et des siècles.

Il me fallait absolument prévenir Oncle Ben. D'abord pour lui montrer ma stupéfiante trouvaille, et ensuite parce que je n'avais pas envie de rester seul dans cet endroit lugubre une minute de plus. Je saisis le petit appareil de reconnaissance accroché à ma ceinture et l'examinai à la lueur de ma lampe. Je n'avais qu'à appuyer sur le bouton, et je verrais Oncle Ben et Sari arriver en courant...

– Oh ! non !

J'en aurais pleuré de dépit. L'appareil était cassé, brisé, inutilisable. J'avais dû l'écraser dans ma chute. Le bouton ne fonctionnait plus.

Personne ne viendrait à mon secours.

J'étais bel et bien seul au milieu des momies qui peuplaient les ténèbres.

14

Je jetai au loin l'appareil qui, désormais, ne me servirait plus à rien.

La torche électrique tremblait dans ma main.

Tout ce qui m'entourait semblait se refermer sur moi.
Les parois de la chambre. Le plafond. L'obscurité.
Même les momies se rapprochaient.

Hein ? me dis-je.

Je reculai d'un pas, puis d'un autre. J'étreignais la
lampe si fort que j'en avais mal aux doigts. Le faisceau lumineux parcourut les silhouettes sans visage.
Elles ne bougeaient pas. Bien sûr que non.

L'odeur était de plus en plus fétide, de plus en plus
tenace. Elle m'emplissait le nez, la bouche. Je pouvais même la goûter, cette odeur de mort et de
décomposition. J'en avais la nausée.

Que faire ?

Je devais absolument sortir d'ici, retrouver Oncle Ben.

– Au secours ! criai-je à tout hasard.

Ma voix était faible, comme assourdie par la moiteur de l'air vicié.

– Au secours ! Vous m'entendez ?

Un peu plus sonore, cette fois. Coinçant la lampe sous mon bras, je mis mes mains en coupe autour de ma bouche et braillai dans ce mégaphone improvisé :

– *Au secours ! Est-ce que quelqu'un m'entend ?*

Puis je tendis l'oreille, guettant désespérément une réponse. Silence. Que faisaient donc Oncle Ben et Sari ? Étaient-ils en train de me chercher ? Pourquoi ne m'entendaient-ils pas ?

– *À l'aide ! S'il vous plaît, quelqu'un ! Aidez-moi !*

La panique m'envahissait à présent, me serrant la poitrine comme dans un étau. La tête levée vers le trou du plafond à travers lequel j'étais tombé, je m'époumonai de plus belle :

– Au secours ! À l'aide !

Mes efforts se révélèrent inutiles.

Je reculai de quelques pas. Quelque chose craqua sous ma semelle ; quelque chose qui me parut bouger. Je poussai un cri perçant et bondis sur le côté. La chose parut s'éloigner en frétillant, ce qui me soulagea plus ou moins.

Au même instant, je sentis un frôlement contre ma cheville.

Nouveau cri de frayeur, nouveau bond. Cette fois, la

torche électrique m'échappa et tomba à terre avec fracas. La lumière s'éteignit.

Les frôlements se succédèrent. Cela ressemblait plutôt à une série de grattouillis. Je donnai un coup de pied en arrière pour m'en débarrasser, en vain.

J'entendais à présent des bruissements sournois autour de mes tennis, on aurait cru qu'une foule de créatures s'activaient fiévreusement à mes pieds.

Que pouvaient-elles être ?

Je me baissai, cherchant ma lampe à tâtons dans les ténèbres.

– Aaahhhh !

J'eus soudain l'impression que tout le sol s'animait, parcouru d'une onde grouillante. Horrifié, je saisis la lampe et me relevai. Ma main tremblait tellement que je ne parvins pas à la rallumer tout de suite. J'étais obligé de sautiller, de danser sur place pour fuir le contact frémissant des créatures qui ne cessaient d'aller et venir entre mes jambes.

La lumière jaillit enfin. Le cœur battant, je braquai son rayon jaunâtre sur le sol. Et je faillis tourner de l'œil.

Des scorpions ! J'avais marché au beau milieu d'une armée de scorpions.

– Aaahhh, au secours...

J'eus du mal à reconnaître ma voix. Elle était rauque, inaudible.

Les scorpions semblaient la proie d'une agitation frénétique. La queue dressée, comme prêts à l'attaque, ouvrant et refermant leurs pinces dures, ils se bousculaient, grimpaient les uns sur les autres, retombaient. C'était un terrifiant spectacle.

À la lueur de la torche, plusieurs remarquèrent tout à coup ma présence. Ils foncèrent aussitôt sur moi, pointant leur dard venimeux vers l'ourlet de mon jean.

– Aaahhh ! Fichez le camp !

En reculant pour leur échapper, je trébuchai.

Je perdis l'équilibre, mon corps bascula en arrière. Mes bras fendirent l'air, une image fulgurante me traversa l'esprit : je me voyais déjà renversé à terre, recouvert de scorpions, criblé de piqûres mortelles.

– *Nooooon !*

Mais juste à ce moment-là...

15

Deux mains m'agrippèrent.

« Ça doit être une momie ! » pensai-je.

J'étais paralysé par la peur.

Les mains qui me retenaient fermement me tirèrent à l'écart des scorpions menaçants. Je n'arrivai plus à penser ni à respirer. Mais je parvins à faire volte-face.

– Sari !

Elle m'entraîna quelques mètres plus loin et me lâcha enfin.

– Sari ! Mais ccc-comment... ?

– Je viens de te sauver la vie une fois de plus, dit-elle. Décidément, tu as de la chance. Brrr... ces bestioles sont terrifiantes !

– Ne m'en parle pas ! J'ai cru ma dernière heure arrivée !

Je sentais encore le frôlement des hideuses créatures contre mes chevilles. C'est une sensation que je n'oublierai jamais.

– Qu'est-ce que tu fabriques ici ? me demanda Sari d'un ton impatient, comme si elle grondait un petit garçon. Papa et moi te cherchions partout !

– Quoi ? m'indignai-je. Dis plutôt que vous m'avez laissé tomber comme une vieille chaussette. Je n'ai pas cessé de vous appeler ! Et toi, par où es-tu passée ?

– Par là, bien sûr.

Du faisceau de sa lampe, elle me montra au loin l'ouverture d'une galerie que je n'avais pas remarquée, dans un recoin de la chambre. Puis elle me révéla :

– Figure-toi que je ne sais plus où est papa ! Incroyable, non ? Il a dû s'arrêter un instant pour examiner quelque chose, je suppose, et je m'en suis aperçue trop tard. Quand j'ai fini par rebrousser chemin, il avait disparu. Et puis j'ai vu de la lumière par ici. J'ai cru que c'était lui.

Tout en essuyant du revers de la main mon front couvert de sueur, je soupirai :

– Alors, tu t'es perdue aussi !

– Non, Gabriel, c'est toi qui t'es perdu ! me répondit-elle avec une mauvaise foi qui me coupa les bras. Comment as-tu pu nous faire ça ? Papa et moi étions morts d'inquiétude.

– Mais j'ai braillé votre nom pendant des heures ! Pourquoi ne répondiez-vous pas ?

– Nous ne t'entendions pas, c'est tout.

Je n'aimais pas cette façon qu'elle avait de me regarder comme si j'étais un pauvre crétin sans cervelle.

– Nous étions plongés dans notre conversation, reprit-elle, et nous pensions que tu nous suivais. Mais lorsque nous nous sommes retournés, plus de Gabriel !

Elle secoua la tête et ajouta :

– Quelle journée ! Tu savais pourtant que nous ne devions pas nous éloigner les uns des autres. Et papa qui va nous piquer une colère à cause de toi, maintenant...

Je commençais à voir clair dans son jeu. Ma parole, elle se moquait de moi.

– Ça suffit, Sari. Arrête ton cirque, je ne marche pas. Et ton père ne sera pas furieux quand il verra ce que j'ai découvert. Regarde !

Je promenai ma lampe sur quelques momies recroquevillées çà et là, puis sur la cuve à natron et la rangée de sarcophages. Sari en resta bouche ouverte.

– Doux Jésus... murmura-t-elle.

– Oui, comme tu dis ! La chambre est pleine de momies. Il y a aussi des tas d'instruments chirurgicaux sur une table, et du linge, enfin tout le matériel nécessaire à la momification. Et en parfait état de conservation !

Mon moral remontait à vue d'œil.

– Et c'est moi qui ai trouvé tout ça, conclus-je.

– C'était un atelier funéraire ! observa Sari en baladant à son tour sa lampe d'une momie à l'autre. Pourquoi certaines d'entre elles sont-elles debout comme ça ?

Je haussai les épaules.

– Je n'en sais rien. Ça me dépasse.

Elle alla examiner les piles de linge soigneusement plié.

– Gabriel, c'est étonnant!

– Oui! Stupéfiant! Et si je ne m'étais pas arrêté pour lacer ma chaussure, je n'aurais rien découvert.

Sari m'adressa un sourire épanoui.

– Tu vas devenir célèbre, dit-elle. Grâce à moi, qui t'ai sauvé la vie.

– Sari... commençai-je.

Mais elle m'avait déjà tourné le dos et admirait une des momies au garde-à-vous.

– Il faut vraiment que papa voie ça! s'exclama-t-elle avec une excitation soudaine.

– Oui! Appelons-le tout de suite!

– Les gens étaient si petits, poursuivit-elle, ignorant mon intervention. Regarde, je suis plus grande que celle-là...

– Sari, sers-toi de ton appareil de reconnaissance!

– Beurk! Il y a des insectes qui courent sur ses bandelettes, observa-t-elle avec une grimace. Écœurant!

Je bouillais d'impatience.

– Sari, dépêche-toi! Appelle Oncle Ben!

Je tendis la main vers l'appareil accroché à sa ceinture, mais elle m'esquiva d'un mouvement preste et me demanda, l'air soupçonneux:

– Pourquoi ne te sers-tu pas du tien?

– Impossible! rétorquai-je. Je l'ai cassé en tombant dessus, tout à l'heure.

– J'aurais dû m'en douter ! fit-elle en levant les yeux au ciel. On ne peut rien te confier.

Elle accepta enfin de décrocher son appareil et appuya sur le bouton à deux reprises, pour plus de sûreté. Puis elle le remit à sa place. Nous n'avions plus qu'à attendre qu'Oncle Ben repère les signaux et vienne nous rejoindre.

– Il ne devrait pas tarder, dit Sari tout en surveillant la galerie du coin de l'œil.

Elle ne se trompait guère. Au bout de quelques secondes, on entendit quelqu'un approcher.

– Papa ! s'écria Sari en courant à sa rencontre.

Mais elle s'arrêta net quand la silhouette courbée dans le tunnel émergea de l'obscurité et se redressa, brandissant une torche enflammée.

Ce n'était pas Oncle Ben. La flamme vive de la torche éclairait des vêtements blancs, un mince foulard rouge, des cheveux d'ébène ramenés en queue de cheval.

– Ahmed ! gémit Sari en m'étreignant le bras.

16

J'émis un son inarticulé. Sari tourna vers moi un visage crispé par la peur.

Ahmed !

Il avait déjà essayé de nous kidnapper, et nous étions de nouveau à sa merci.

Il s'avança, l'œil menaçant. L'éclat orange de la torche projetait des reflets luisants dans ses cheveux noirs.

– Ahmed, que faites-vous ici ? balbutia Sari.

Elle me serra le bras si fort que j'en tressaillis.

– Ce serait à moi de vous poser cette question, répondit-il d'une voix glaciale.

Levant bien haut sa torche, il inspecta la chambre autour de lui comme pour bien s'assurer que nous n'avions touché à rien.

– Mon père sera là dans une seconde, l'informa Sari. Je viens de lui lancer des signaux.

– Ton père ! ricana Ahmed. J'ai bien essayé de l'avertir, il ne m'écoute pas.

– L'avertir ? s'étonna Sari.

– À propos de la malédiction !

– Oncle Ben a parlé d'une histoire de malédiction, dis-je en regardant nerveusement Sari, mais je ne crois pas qu'il prenne ce genre de chose au sérieux.

– Il *devrait* ! glapit Ahmed, furieux.

Nous ne savions pas quoi dire.

« Où est Oncle Ben ? pensai-je. Qu'est-ce qu'il attend ? Oncle Ben, je t'en prie, dépêche-toi de nous sortir d'ici. »

Ahmed changea d'expression, il paraissait soudain songeur.

– La malédiction doit maintenant s'accomplir, reprit-il d'une voix douce. Je n'ai pas le choix. Vous avez profané la chambre de la prêtresse...

– La p-prêtresse ? bégayai-je.

– Cette chambre appartient à la prêtresse Khala ! Cet endroit est l'atelier funéraire sacré de la prêtresse Khala, et nul n'a le droit de s'y trouver !

Interloquée, Sari me lâcha enfin pour se croiser résolument les bras sur la poitrine.

– Eh bien, nous ne le savions pas ! rétorqua-t-elle. Il n'y a pas de quoi en faire un drame, Ahmed.

– Elle a raison ! m'empressai-je d'ajouter. D'ailleurs, nous n'avons rien touché. Je ne crois pas que...

– *Taisez vous, petits imbéciles !* hurla Ahmed.

Il balança rageusement sa torche dans notre direction comme pour nous en frapper, nous obligeant à reculer.

– Ahmed, mon père sera là d'une seconde à l'autre, répéta Sari d'une voix tremblante.

Je risquai un coup d'œil du côté de la galerie. Elle était noire et silencieuse. Aucun signe d'Oncle Ben. Que faisait-il donc?

— Ton père me semblait pourtant intelligent! reprit Ahmed. Dommage qu'il n'ait pas compris mon message.

— Votre message? interrogea Sari. Expliquez-vous.

Je sentis qu'elle essayait de gagner du temps, de prolonger la conversation jusqu'à l'arrivée d'Oncle Ben.

— J'ai effrayé les deux ouvriers, avoua Ahmed. Je leur ai fait très peur pour montrer à ton père qu'il ne fallait pas se moquer de la malédiction, que j'étais prêt à obéir aux ordres de Khala.

— Comment vous y êtes-vous pris? demandai-je à mon tour.

Il sourit, nous indiqua d'un petit signe de tête la cuve de natron.

— Je leur ai donné une bonne leçon en les trempant là-dedans pendant quelques instants.

Puis il parut réfléchir et ajouta:

— Ils n'ont pas aimé ça.

— Ahmed! s'étrangla Sari. Vous...

— Je pensais que ton père déciderait d'arrêter ses travaux, interrompit-il. Il aurait dû m'écouter. Il aurait dû croire à la malédiction de la prêtresse Khala. La prêtresse a condamné tous ceux qui profanent cette chambre.

— Voyons, Ahmed, dis-je, si c'est une plaisanterie...

— Une plaisanterie? cria-t-il. Pauvre fou! La prêtresse Khala a décrété il y a plus de quatre mille ans que ce sanctuaire ne devait jamais être violé ! Et depuis ce temps, de génération en génération, les descendants de Khala ont veillé à ce que son repos ne soit jamais troublé. Je suis un descendant de Khala et maintenant c'est à mon tour de faire respecter sa volonté.

Il agitait sa torche qui traçait des lueurs orange dans la pénombre. Je jetai un coup d'œil anxieux vers la galerie. Toujours pas d'Oncle Ben. Qu'est-ce qui le retenait ? Peut-être que l'appareil de Sari n'avait pas fonctionné !

– Je me suis fait engager dans l'équipe de ton oncle afin de protéger Khala, poursuivit Ahmed. Et quand j'ai vu qu'il ne tenait pas compte de mes avertissements, il a fallu que je passe à l'action. J'ai commencé par effrayer les deux ouvriers. Et puis j'ai tenté de vous enlever pour vous cacher jusqu'à ce qu'il accepte de fermer les travaux.

Son visage exprima une espèce de résignation.

– À présent, je ne peux plus reculer. Je dois remplir mes devoirs sacrés.

– Qu'est-ce que ça signifie ? s'écria Sari.

– Ce que ça signifie ? répéta Ahmed. Regardez autour de vous.

Les momies !

Comme nous n'avions pas l'air de comprendre, Ahmed expliqua patiemment :

– Tous ces gens ont profané la chambre de la prêtresse.

Horrifiée, Sari porta sa main à sa bouche.

– Vous voulez dire... que ces momies ne datent pas de l'Antiquité ? balbutia-t-elle.

– Quelques-unes, répondit-il. Il y a parmi elles de très vieux intrus, d'autres sont tout à fait récentes. En tout cas tous ces individus ont quelque chose en commun. Ils ont été victimes de la malédiction, et momifiés vivants !

– NON ! hurlai-je malgré moi.

Ahmed ignora mon explosion de terreur.

– J'ai momifié celui-là moi-même, dit-il avec fierté en nous montrant une momie adossée à la paroi.

– C'est affreux... gémit Sari.

– Je dois à présent me remettre au travail, annonça Ahmed. Aujourd'hui, il y aura de nouvelles momies. Deux nouveaux trophées pour Khala.

Nous savions désormais pourquoi certaines momies étaient en parfait état de conservation.

Les instruments, le natron, le linge – tout ce matériel avait été utilisé au fil du temps par les descendants de Khala, des descendants comme Ahmed. Depuis l'époque de Khala, quiconque pénétrait par intrusion dans cette chambre était momifié.

Vivant.

Et maintenant, nous allions être transformés en momies à notre tour, Sari et moi.

– Ahmed, vous ne ferez pas ça ! s'exclama Sari en serrant les poings de colère.

– C'est la volonté de Khala, répondit-il d'une voix douce.

Ses yeux déments ne semblaient plus nous voir. Dans sa main libre apparut soudain un long poignard. Un poignard dont la lame effilée luisait dans la pénombre.

17

Nous reculâmes vers le fond de la chambre, tels des animaux pris au piège.

Je n'avais qu'une idée en tête : m'enfuir à toutes jambes. Mais j'avais beau chercher, je ne voyais qu'une issue : la galerie. Et pour y accéder, il me fallait passer devant Ahmed.

D'autre part, il n'était pas question que j'abandonne Sari. Du coin de l'œil, je vis que celle-ci appuyait frénétiquement sur le bouton de son appareil de reconnaissance. Son visage était blême.

Ahmed m'adressa un sourire narquois.

– Tu ne peux pas t'échapper, me dit-il comme s'il lisait dans mes pensées. Personne n'échappe à la malédiction de Khala.

– Il... Il va nous *tuer* ! bégaya Sari.

– Vous avez violé son sanctuaire ! reprit Ahmed. Vous avez fourré votre nez partout dans sa chambre sacrée. Je dois faire mon devoir...

Il s'avança d'un pas déterminé, tenant sa torche d'une main et son poignard de l'autre.

Juste à ce moment-là, il y eut un léger bruit au-dessus de nos têtes et quelque chose apparut au plafond.

Ahmed s'immobilisa.

Quelqu'un dépliait une échelle de corde dans le trou que j'avais traversé en tombant. L'échelle se déroula presque jusqu'au sol.

– Vous êtes là ? cria la voix d'Oncle Ben. J'arrive !

– Oncle Ben, non ! m'exclamai-je.

Mais il commençait déjà sa descente. À mi-chemin, il s'arrêta et se pencha pour scruter la chambre au-dessous de lui.

– Diable ! fit-il en découvrant le surprenant décor.

Puis il aperçut Ahmed.

– Ahmed, que faites-vous ici ? s'étonna-t-il.

Il descendit rapidement quelques échelons de plus et se laissa tomber à terre d'un bond souple.

– J'exécute les ordres de Khala, répondit Ahmed, impassible.

Oncle Ben fronça les sourcils.

– Khala ? La prêtresse ?

– Papa, il veut nous tuer ! s'écria Sari en courant se jeter dans les bras de son père. Et nous transformer en *momies* !

Tout en serrant sa fille contre lui, Oncle Ben regarda Ahmed d'un air accusateur.

– C'est vrai ?

– Oui ! La chambre a été profanée. Mon devoir est

de veiller à ce que la malédiction s'accomplisse, professeur.

Oncle Ben qui étreignait les épaules tremblantes de Sari la repoussa doucement sur le côté. Puis il se dirigea vers Ahmed d'un pas sûr, mesuré.

– Ahmed, sortons d'ici pour en discuter, voulez-vous ?

Ahmed recula en brandissant sa torche, menaçant.

– La volonté de la prêtresse ne doit pas être ignorée !

– Voyons, Ahmed, vous êtes un homme intelligent, et un homme de science comme moi, dit Oncle Ben. Je suis certain que nous pouvons nous entendre.

Son calme me stupéfiait. Je me demandais s'il jouait vraiment la comédie. L'atmosphère était très tendue. Mais les battements de mon cœur commençaient à s'apaiser parce que je savais que mon oncle allait s'occuper d'Ahmed et nous tirer de ce mauvais pas – vivants.

Je jetai un regard rassurant à Sari qui observait la scène en se mordillant la lèvre, pâle, angoissée.

– Ahmed, donnez-moi ce poignard, reprit Oncle Ben en tendant la main, paume ouverte. Et nous discuterons de tout ça entre hommes de science.

– Qu'y a-t-il à discuter ? demanda Ahmed qui le dévisageait intensément. La volonté de Khala doit s'accomplir comme elle le fait depuis quatre mille ans. Je n'ai rien d'autre à dire.

Oncle Ben soutint son regard et avança encore d'un pas.

– Ahmed, la malédiction remonte à la nuit des

temps. Khala a obtenu ce qu'elle voulait pendant des siècles. Nous devrions peut-être la prier d'oublier, et la laisser reposer en paix. Donnez-moi votre arme, je vous en prie.

« Tout va s'arranger, pensai-je en poussant un long soupir de soulagement. Nous allons enfin sortir d'ici. »

C'est alors qu'Ahmed passa à l'action avec une rapidité stupéfiante. Sans un signe, sans un mot d'avertissement, il lâcha son poignard, agrippa sa torche des deux mains et en assena un coup violent sur la tête d'Oncle Ben.

Il avait frappé de toutes ses forces.

Oncle Ben gémit, porta la main à sa tempe. Son visage exprimait la surprise, la douleur.

La torche ne l'avait pas brûlé, mais assommé.

Il glissa sur les genoux. Puis ses yeux se fermèrent et il s'affala mollement à terre.

Ahmed se pencha sur lui pour l'examiner un instant. Quand il se redressa, il avait le regard triomphant.

Et je sus que nous étions perdus.

18

– Papa !

Sari se précipita vers son père et s'agenouilla près de lui. Mais Ahmed, vif comme l'éclair, ramassa le poignard et l'obligea à battre en retraite en le pointant sur elle.

Un mince filet de sang coulait sur le visage d'Oncle Ben. Il gémit, mais ne bougea pas.

En regardant les momies éparpillées autour de moi, je songeai avec effroi que nous ferions bientôt partie de leur ensemble macabre.

L'idée m'effleura de sauter sur Ahmed, de le renverser, de lui arracher sa torche. Si je réussissais à l'assommer à mon tour, nous serions libres et nous pourrions nous enfuir et aller prévenir la police.

Mais la vue de son poignard, dont la lame luisait comme un avertissement, me fit tenir tranquille.

Je ne me sentais pas de taille à maîtriser un homme armé d'un poignard et d'une torche. C'était une idée insensée.

Toute la situation était insensée. Et terrifiante.

J'eus soudain envie de vomir. Mon estomac se noua, une vague de nausée me submergea.

– Laissez nous partir ! *Tout de suite !* cria Sari.

À ma surprise, Ahmed réagit en lançant la torche derrière lui, au fond de la chambre. Elle atterrit au milieu de la cuve de natron avec un bruit mou. La surface du natron s'enflamma aussitôt.

Les flammes orange dansaient vers le plafond sous nos yeux stupéfaits. La surface du natron commença à se crever de bulles.

– Il faut attendre qu'il soit bien bouillant, expliqua calmement Ahmed.

Le feu projetait des ombres mouvantes sur son visage et ses vêtements. La chambre s'emplit d'une épaisse fumée. Je me mis à tousser.

Ahmed se baissa, glissa ses mains sous les aisselles d'Oncle Ben. Il s'éloigna à reculons, le traînant sur le sol.

– Ne le touchez pas ! hurla Sari en se ruant sur lui. Je la retins juste à temps d'une poigne ferme. Nous n'étions pas assez forts pour affronter Ahmed. Il avait déjà assommé un homme aussi robuste qu'Oncle Ben. Il pouvait nous réduire en miettes.

Du reste, que comptait-il faire, maintenant ?

Il ne me fallut pas longtemps pour le découvrir.

Avec une force surprenante, il traîna Oncle Ben jusqu'à un des sarcophages ouverts alignés contre un mur. Puis il le souleva, le cala un instant sur le rebord du cercueil de pierre et le fit basculer à l'intérieur. Il

referma ensuite le couvercle sur mon oncle in-
conscient et se tourna vers nous.

– Vous deux, dans celui-là !

Il nous montrait un énorme sarcophage juché sur un
piédestal, juste à côté de celui d'Oncle Ben. Il était
presque aussi haut que moi, et mesurait au moins
trois mètres de long. Sans doute avait-il été conçu
pour renfermer une momie et toutes ses possessions.

– Laissez-nous partir ! supplia Sari. Nous ne dirons
rien à personne, je vous le jure !

– Entrez là-dedans, s'il vous plaît, répéta Ahmed.
Vous y attendrez que le natron soit prêt. Ne m'obli-
gez pas à venir vous chercher. Obéissez !

– Non ! criai-je.

J'avais si peur que je tremblais comme une feuille. Je
jetai un regard sur Sari. Elle croisait les bras sur sa
poitrine d'un air de défi, mais en dépit de cette pos-
ture courageuse, je vis qu'elle tremblait elle aussi et
que ses yeux étaient remplis de larmes.

– Obéissez, répéta Ahmed. Khala n'attend pas. La
malédiction doit s'accomplir.

– Non ! criai-je de nouveau.

Avec un soupir excédé, Ahmed nous montra son poignard comme pour nous rappeler qu'il détenait le
pouvoir. Je m'approchai du sarcophage à contre-
cœur. Je dus me hausser sur la pointe des pieds pour
regarder dedans. Une odeur écœurante me saisit à la
gorge.

Ce sarcophage était en bois. Des copeaux pen-
douillaient sur ses parois intérieures tachées de

moisissure. Je distinguai dans la pénombre des tas d'insectes qui rampaient çà et là.

– Allons-y! ordonna Ahmed. *Tout de suite!*

Sari se hissa sur le rebord du vieux sarcophage et disparut à l'intérieur. Elle avait toujours été la première en tout, mais cette fois, je ne lui en voulais pas.

J'hésitai, la main posée sur le bois vermoulu. Je regardai le sarcophage voisin, dans lequel gisait Oncle Ben. Son lourd couvercle de pierre sculptée le fermait hermétiquement. Oncle Ben avait-il de l'air, là-dedans ? me demandai-je avec angoisse. Pouvait-il respirer ?

Puis je songeai amèrement que cela ne faisait aucune différence. Bientôt, nous serions morts tous les trois, transformés en momies à jamais oubliées dans cette chambre secrète.

– Qu'est-ce que tu attends ? aboya Ahmed en me fusillant du regard.

– Je... Je ne suis qu'un enfant ! protestai-je.

Je ne savais même plus ce que je disais.

Un sourire déplaisant déforma le visage d'Ahmed.

– Beaucoup de pharaons sont morts à ton âge, déclara-t-il.

J'aurais voulu qu'il continue à parler. J'avais encore l'espoir que quelque chose finirait par nous sortir de ce pétrin. Mais j'eus beau me creuser la cervelle, je ne trouvai rien à dire pour prolonger la conversation. Ahmed s'avança, menaçant.

– Tu vas te décider ?

Totalement vaincu, j'enjambai le cercueil de bois, me soulevai et me laissai tomber à côté de Sari.

Elle était assise, les genoux sous le menton, les yeux clos. Je crois qu'elle priait. Elle ne leva pas la tête, même quand je lui touchai l'épaule.

Le couvercle se referma sur nous. J'entrevis une dernière fois les flammes rouges qui crépitaient sur la cuve de natron. Puis ce fut le noir complet.

– Gabriel... me chuchota Sari quelques secondes plus tard, je suis morte de terreur.

Cet aveu m'arracha malgré moi un petit sourire.

– Et moi donc, dis-je.

Elle saisit ma main et la serra.

– Il est fou, poursuivit-elle.

– Ouais, je sais, répondis-je sans lui lâcher la main.

– Je crois qu'il y a des insectes là-dedans, reprit-elle en frissonnant. Je les sens qui se baladent sur moi.

– Moi aussi.

Je m'aperçus que j'étais en train de grincer des dents. Ça m'arrive toujours quand je suis nerveux. Et j'avais toutes les raisons au monde d'être nerveux.

– Pauvre Papa... soupira Sari.

L'air commençait à tiédir et à se raréfier dans le cercueil. J'essayais d'ignorer l'affreuse odeur de moisi, mais ça devenait de plus en plus difficile.

– Nous allons mourir étouffés là-dedans, dis-je.

– Non, observa Sari, nous n'aurons pas le temps, il va nous tuer avant... Aïe !

Je l'entendis assener une claque sur son bras pour écraser un insecte.

– Peut-être qu'un miracle se produira, ajoutai-je pour la rassurer.

Pas très convaincant, je sais, mais c'était tout ce qui me venait à l'esprit.

– Je n'arrête pas de penser qu'il va me réduire le cerveau en bouillie à l'aide d'un crochet et me le retirer par les trous de nez, gémit Sari. Pourquoi fallait-il que tu me racontes ça, Gabriel ?

Je mis un certain temps avant de répondre :

– Désolé.

À vrai dire, j'étais en train de penser la même chose, et de lutter pour refouler ma nausée. Je pris soudain une décision.

– Bon, on ne va pas rester comme ça à ne rien faire. Il faut essayer de s'échapper.

– Hein ? Comment ?

– Tâchons de soulever ce couvercle, suggérai-je. En nous y mettant tous les deux...

Je comptais doucement jusqu'à trois et, levant les mains au-dessus de nos têtes, nous poussâmes de toutes nos forces.

Le couvercle ne bougea pas.

– Il a dû le fermer avec un cadenas, ou poser quelque chose de très lourd dessus, dit Sari.

– Peut-être, marmonnai-je, misérable.

Un moment passa. J'entendais la respiration saccadée de Sari se mêler aux battements de mon cœur. J'imaginais le long crochet dont Ahmed se servirait pour nous retirer le cerveau du crâne. J'avais beau essayer de chasser cette vision, elle revenait sans cesse me hanter.

Le temps s'écoula. Interminable. J'étais assis en tailleur et mes jambes commençaient à s'engourdir. Je les décroisai et les étirai. Il y avait tant de place dans le sarcophage que nous aurions pu nous y étendre de tout notre long, Sari et moi.

Mais notre tension et notre frayeur ne nous donnaient guère envie de nous allonger.

Je fus le premier à entendre une espèce de frottement, suivi d'une série de craquements qui résonnaient à l'intérieur du sarcophage.

Je crus d'abord que Sari avait bougé. Mais elle m'étreignit vivement la main et je constatai qu'elle était toujours à la même place.

Je me raidis, tendant l'oreille.

Il y eut un choc sourd contre la paroi, non loin de moi.

Une momie ?

Y avait-il une momie enfermée avec nous ?

Qui bougeait ?

J'entendis un gémissement.

Sari me serra la main avec une telle force qu'un petit cri de douleur m'échappa.

Un autre choc. Plus proche encore.

– Gabriel... chuchota Sari d'une voix blanche de terreur, Gabriel, *nous ne sommes pas seuls* !

« Ça ne peut pas être une momie, me dis-je.
Impossible.
C'est un gigantesque insecte. Ou une armée d'insectes qui se battent dans un coin du sarcophage. »
Mais je n'eus pas le temps de me livrer à d'autres suppositions, car la chose se rapprocha encore.

– Hé ! chuchota une voix. Où êtes-vous, les enfants ?
Notre cœur fit un bond. Nous avions reconnu cette voix.

– Oncle Ben ! m'exclamai-je.

– Papa !
Sari me bouscula pour rejoindre son père. Je bégayai :

– M-mais... mais comment es-tu entré là-dedans ?

– Facile, répondit-il en m'étreignant l'épaule d'une main rassurante.

125

– Papa ! Je n'arrive pas à le croire.

Je ne distinguai pas le visage de Sari dans le noir, mais il me sembla l'entendre pleurer.

– Je vais très bien, je vais très bien, répéta plusieurs fois Oncle Ben pour l'apaiser.

– Comment as-tu réussi à sortir de ton sarcophage et à pénétrer dans le nôtre ? demandai-je, totalement déconcerté.

– Il y a une issue de secours, expliqua-t-il. Une trappe bien cachée. Les Égyptiens pratiquaient ces ouvertures secrètes dans bon nombre de leurs sarcophages, afin que l'âme du mort puisse s'évader.

– Ça alors ! murmurai-je, abasourdi.

Je sentis de nouveau l'étreinte réconfortante de sa main sur mon épaule.

– Ahmed est tellement absorbé par son histoire de malédiction qu'il en a oublié ce détail, poursuivit-il. Venez, maintenant. Suivez-moi.

– Mais il est là dehors... commençai-je.

– Non, m'interrompit Oncle Ben. Quand je suis sorti de mon cercueil, je l'ai cherché, et ne l'ai vu nulle part. Il a dû aller attendre ailleurs que le natron soit assez chaud. À moins qu'il n'ait décidé de nous laisser mourir étouffés.

Un insecte grimpa le long de mon mollet. Je l'écrasai d'une tape sèche.

– On y va ! dit Oncle Ben.

Je l'entendis grogner en se retournant dans le sarcophage pour se mettre à plat ventre et ramper vers la sortie.

L'ouverture secrète était très étroite et il dut se tortiller pour se faufiler à l'extérieur. Sari le suivit, puis ce fut mon tour.

Il me fallut une bonne minute pour m'habituer à la vive lueur des flammes qui continuaient d'incendier le natron, projetant d'étranges ombres bleues sur les parois de la chambre. Lorsque mes yeux y virent plus clair, je découvris qu'Oncle Ben avait une grosse bosse sur la tempe. Un filet de sang coagulé lui barrait la joue.

– Dépêchons-nous de décamper avant qu'Ahmed ne revienne, chuchota-t-il.

Sari était pâle et tremblante. Sa lèvre inférieure commençait à gonfler à force d'avoir été mordillée.

Oncle Ben se dirigea vers l'échelle de corde qui pendait au centre de la chambre, puis s'arrêta.

– Non, ça prendrait trop de temps. Venez. Tous à la galerie ! Vite !

Je les suivis le cœur battant.

Nous allions enfin sortir de ce cauchemar !

Quelques instants plus tôt, j'avais abandonné tout espoir, et maintenant, nous étions en route vers la liberté.

Mais au moment où nous nous engouffrions dans l'entrée de la galerie, celle-ci s'illumina soudain d'un éclat orange.

– Non ! gémit Sari.

Ahmed émergea de l'ombre et se dressa devant nous, armé d'une nouvelle torche, le poignard glissé sous sa ceinture. Ses yeux s'agrandirent d'incrédulité.

– Vous ne pouvez pas vous enfuir ! s'écria-t-il. Non, vous ne m'échapperez pas !

Il retrouva vite son sang-froid, sa surprise céda la place à la colère. Pointant sa torche sur la poitrine d'Oncle Ben, le touchant presque, il l'obligea à reculer d'un bond. Oncle Ben trébucha et tomba lourdement sur le dos en poussant un cri de douleur. Ce cri fit naître un sourire cruel sur les lèvres d'Ahmed.

– Vous avez provoqué la colère de Khala, reprit-il en portant la main à son poignard. Vous n'êtes pas dignes de rejoindre les autres profanateurs de cette chambre.

Ouf ! Je poussai un soupir de soulagement. Ahmed avait changé d'avis. Il n'allait pas nous transformer en momies, en fin de compte.

– Toutefois, Khala exige que vous mouriez tous les trois dans le natron bouillant, acheva-t-il.

Sari me jeta un regard horrifié. Oncle Ben, qui s'était remis debout, nous entoura tous deux de ses bras protecteurs.

– Voyons, Ahmed, ne pourrions-nous parler de tout cela calmement et raisonnablement ? demanda-t-il.

– Dirigez-vous vers la cuve de natron ! ordonna Ahmed.

– Ahmed... *Je vous en conjure !* s'écria Oncle Ben d'un ton suppliant que je ne lui connaissais pas.

Mais Ahmed l'ignora. Nous menaçant de sa torche et de son poignard, il nous obligea à nous approcher du bord de la cuve.

Devant nous, la nappe de natron bouillonnait avec bruit à présent. De grosses cloques crevaient à sa surface en sifflant sous le frémissement des flammes. L'odeur était suffocante ; les vapeurs me brûlaient le visage.

– Vous sauterez l'un après l'autre. Si l'un de vous hésite, je serai contraint de le pousser, avertit Ahmed.

– Ahmed... commença Oncle Ben.

Mais Ahmed le fit taire d'un petit coup de torche dans le dos. Oncle Ben blêmit et serra les dents.

– La tradition est descendue jusqu'à moi, annonça Ahmed d'un ton solennel. J'ai l'honneur d'être l'interprète de Khala. Je dois transmettre ses désirs et veiller à ce qu'on lui obéisse !

Les vapeurs de natron me montaient à la tête au point de m'étourdir. J'eus l'impression que j'allais tourner de l'œil, la cuve se mit à danser devant mes yeux.

Tout en m'efforçant de garder l'équilibre, j'enfonçai machinalement mes mains dans mes poches. Et l'une d'elles se referma sur quelque chose que j'avais oublié.

Mon talisman.

La petite main de momie que j'emportais partout avec moi.

Je la sortis de ma poche sans trop savoir pourquoi. Me retournant sans crier gare, je la brandis sous les yeux d'Ahmed.

J'ignore ce qui se passait dans ma tête. J'étais bien trop terrifié pour réfléchir. J'espérais peut-être détourner son attention. Le surprendre, le déconcerter. Ou même l'effrayer. Enfin, gagner un peu de temps.

Ou alors, je me rappelais inconsciemment la légende que le gamin de la brocante m'avait racontée. La légende disant qu'autrefois on utilisait cette main de momie pour invoquer les mauvais esprits et les appeler au secours.

Quoi qu'il en soit, je la pointai sur Ahmed en la tenant par le poignet.

Il fronça les sourcils.

J'attendais sa réaction.

Le bras dressé presque à la verticale, levant bien haut la petite main, je devais ressembler à la statue de la Liberté. Mon attente me parut durer une éternité.

Je sentais les regards d'Oncle Ben et Sari peser sur moi.

Ahmed baissa légèrement sa torche pour examiner la main de momie. Puis la stupéfaction traversa ses yeux noirs, et sa bouche s'ouvrit toute grande.

Il se mit à crier. Je ne compris rien à ce qu'il disait. Les mots provenaient d'une langue que je n'avais jamais entendue. Du vieil égyptien, peut-être.

Il recula, en proie à une frayeur mortelle.

– La main de la prêtresse ! articula-t-il.

C'est du moins ce que je *crus* entendre, car je fus soudain distrait par ce qui se passait derrière lui.

Sari poussa un cri perçant.

Une momie adossée à la paroi venait de se redresser.

Une autre, qui gisait sur le dos, s'éveillait lentement. Elle se releva en émettant de sinistres craquements.

131

– Non ! hurlai-je, le bras toujours en l'air.

Les yeux de Sari et d'Oncle Ben semblaient jaillir de leurs orbites. Peu à peu, toute la chambre s'animait. Les momies reprenaient vie l'une après l'autre dans un concert de grognements et de bruits d'os. Elles étiraient dans la pénombre leurs membres enveloppés de bandelettes. Péniblement. Avec d'infinies précautions.

Figé sur place, j'en vis qui émergeaient de leurs sarcophages, mettaient pied à terre et amorçaient lourdement leurs premiers pas, leurs vieux corps rouillés soulevant un nuage de poussière.

Les momies se rassemblèrent et se dirigèrent vers nous.

« Tous ces gens sont morts, me disais-je. Il y a des milliers d'années. »

Et voilà qu'ils ressurgissaient du passé pour venir à notre rencontre d'une démarche raide et saccadée.

Leurs pieds bandés se traînaient sur le sol.

Ffffft. Ffffft. Ffffft.

Un son que je n'oublierai jamais. *Ffffft. Ffffft.*

L'armée sans visages approchait, geignant et grognant. Les bras cadavériques se tendaient comme pour s'emparer de nous.

Alerté par notre expression de stupeur, Ahmed se retourna brusquement.

Il hurla de nouveau quelque chose dans son curieux langage en voyant les momies s'acheminer vers lui. Puis, saisi de fureur, il lança sa torche enflammée sur celle qui menait la marche.

La torche frappa la momie en pleine poitrine. Le feu prit instantanément, se propagea à ses bras, à ses jambes. Mais la momie continua d'avancer comme si elle ne se souciait guère des flammes qui la consumaient.

Affolé, balbutiant un flot de paroles sans suite, Ahmed tenta de se sauver en courant.

Trop tard. La momie se jeta sur lui, le renversa à terre. Ahmed se débattait en poussant des cris stridents. D'autres momies arrivèrent à la rescousse, s'emparèrent de lui et le soulevèrent au-dessus de la cuve de natron bouillonnant.

Ahmed se tordait dans tous les sens en donnant des coups de pied, sans cesser de crier. Je fermai les yeux pour échapper à ce spectacle, aux vapeurs du natron, à la chaleur intense.

Quand je les rouvris, je vis Ahmed s'enfuir vers le tunnel à toutes jambes. Il titubait aveuglément, fou de terreur. Les momies, restées près de la cuve de natron, savouraient leur victoire.

Me rendant compte que je brandissais toujours la main de momie au-dessus de ma tête, je finis par baisser le bras et me tournai vers Sari et Oncle Ben. Leur visage exprimait un total désarroi – et un énorme soulagement.

– L-les momies..., bégayai-je.

– Regarde, me dit Sari en montrant quelque chose du doigt.

Je suivis la direction indiquée. Les momies avaient toutes repris leur place. Certaines étaient adossées à la paroi, d'autres couchées sur le dos, d'autres recroquevillées dans d'étranges positions. Exactement comme nous les avions trouvées en pénétrant dans cette chambre.

– Hein ? m'exclamai-je.

Avaient-elles vraiment bougé ? Avaient-elles repris vie et marché vers nous un instant plus tôt, ou étais-je le jouet de mon imagination ?

Non, je n'imaginais rien du tout. Ahmed avait disparu pour de bon. Nous étions libres.

– Tout va bien, Dieu merci, déclara Oncle Ben en nous serrant contre lui. Nous voilà sains et saufs !

– Gabriel, tu nous as sauvé la vie, ajouta Sari.

Les mots passaient peut-être avec difficulté, mais elle les prononça quand même.

Au moment de nous diriger vers la sortie, Oncle Ben posa son regard sur le petit objet que j'étreignais toujours.

– Merci pour le coup de main, dit-il.

Oncle Ben nous régala d'un copieux dîner dans un restaurant du Caire. Nous avions du mal à finir notre repas, car nous parlions tous en même temps avec excitation, revivant notre aventure et essayant de lui donner un sens.

J'avais posé mon talisman bien en vue sur la table. Mon oncle le saisit pour l'examiner de plus près. Il secoua la tête et me sourit.

– Quel piètre savant je fais ! soupira-t-il. Je ne me doutais pas que cette main de momie était tellement spéciale ! Je pensais qu'il s'agissait d'une reproduction, une espèce de jouet.

Puis il reprit son sérieux et ajouta :

– Il faudra la traiter avec respect. C'est peut-être une grande découverte.

– Pour moi, c'est avant tout un porte-bonheur, dis-je en la lui reprenant.

– Ça, on ne le répétera *jamais assez* ! renchérit Sari avec conviction. Sans elle, nous ne serions pas là en ce moment.

Je trouvai ça très gentil de sa part.

De retour à l'hôtel, je me surpris moi-même en m'endormant comme une masse. Je croyais rester debout toute la nuit, à agiter mille pensées. Mais l'excitation des événements de la journée m'avait épuisé.

Le lendemain matin, Oncle Ben nous fit monter le petit déjeuner dans la chambre. Je commandai des œufs brouillés et un bol de corn flakes. Tout en mangeant, je jouais avec la petite main de momie.

Nous étions tous les trois détendus et heureux, plaisantant, nous taquinant et riant comme des fous.

Ma dernière bouchée de corn flakes avalée, je soulevai la main de momie en direction du plafond et me mis à chantonner d'une voix profonde :

– Ô, talisman ! J'appelle les mauvais esprits ! Venez à nous, je vous en prie ! Manifestez-vous de nouveau !

– Arrête, Gabriel ! s'écria Sari, devenue pâle.

Elle tenta de m'enlever la main, mais j'esquivai son geste.

– Tu n'es pas drôle, tu sais, dit-elle. Tu ne devrais pas t'amuser avec ça.

– Aurais-tu la trouille ? lui demandai-je d'un air moqueur.

Elle paraissait vraiment mal à l'aise, ce qui ne donnait que plus de sel à ma petite farce.

Je recommençai avec jubilation :

– Ô talisman ! J'appelle les esprits des morts ! Venez à moi ! Venez vite !

Soudain, des coups sourds retentirent à la porte.

Un cri étouffé nous échappa à tous les trois. Oncle Ben renversa son verre de jus de fruit sur la table. Sari me jeta un regard affolé.

Une autre série de coups, des frottements, une agitation bizarre.

J'étais resté paralysé, le bras en l'air.

La porte s'ouvrit lentement. Deux silhouettes émergèrent de la pénombre du couloir.

– Maman ! m'exclamai-je. Papa !

Je parie qu'ils furent surpris de découvrir à quel point j'étais ravi de les revoir.

FIN

Et pour avoir
encore la

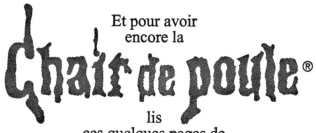

lis
ces quelques pages de

MÉFIEZ-VOUS
DES ABEILLES !

Je ne sais combien de temps je restai là, sur le rebord de cette fenêtre, à fixer mon reflet dans la vitre. J'attendais de me réveiller de ce cauchemar, j'attendais de me retrouver dans le corps musclé de David Wolf. Mais je ne ressemblais définitivement pas à David Wolf. J'avais deux yeux énormes, de chaque côté de ma tête, et deux minuscules antennes dépassaient de ce que je ne pouvais même plus appeler un front. Ma bouche était tout simplement immonde, équipée d'une sorte de longue trompe que je pouvais à mon gré allonger ou raccourcir. J'avais trois pattes de chaque côté de mon corps velu, et des ailes accrochées dans le dos. J'étais devenu l'un de ces insectes dégoûtants que je haïssais tellement !

– Madame Hudson, au secours, criai-je à nouveau. Quelque chose n'a pas marché, aidez-moi !

Criiiiiik... Slam !

Qu'est-ce que c'était que ce bruit ?

Oh! non! Je réalisai soudain que madame Hudson était partie, claquant la porte derrière elle. Je me souvenais de ce qu'elle m'avait expliqué, juste avant d'abaisser la manette fatale : pendant quelques instants, j'allais devenir invisible. Était-elle donc si pressée pour ne pas attendre que mon apparence se reforme ? Était-elle donc si sûre de la réussite de l'opération ?

Une fois de plus, je venais de me faire avoir. Et cette fois, de la façon la plus horrible qui soit. Mais madame Hudson était mon seul espoir. Il fallait que je la rattrape, il fallait que je lui explique ce qui m'était arrivé !

– Attendez ! appelai-je de toutes mes forces. Madame Hudson, attendez-moi !

Battant des ailes comme un fou, je passai de la cuisine au salon. Par la fenêtre, je vis sa voiture encore garée devant la maison. Mais la porte d'entrée était fermée, et une abeille est incapable d'ouvrir une porte ! J'étais prisonnier dans ma propre maison !

– La porte de derrière ! Elle est entrouverte !

Je me rappelai soudain que madame Hudson en avait fait la remarque. C'était par là que ces maudites abeilles étaient entrées dans la cuisine.

Je pris mon essor et constatai que je me dirigeais de mieux en mieux. Mais je ne m'attardai pas sur cette pensée. Mon unique souci était de rattraper madame Hudson avant qu'elle ne s'en aille.

Je me faufilai par l'étroite ouverture de la porte, appelant désespérément :

– Madame Hudson, attendez-moi ! Vous avez tout raté ! Je suis devenu une abeille, aidez-moi !

Mais ma voix était si ténue qu'elle ne m'entendait pas. Je la vis ouvrir sa portière et s'installer au volant. Ma seule chance de redevenir moi-même était sur le point de disparaître ! Que faire ? Comment attirer son attention ?

Je volai droit à la hauteur de sa tête et bourdonnai à son oreille :

– Madame Hudson, c'est moi, Gregory !

Elle poussa un léger cri et fit un geste vif de la main, le geste que l'on fait pour chasser un insecte importun. Je fus projeté vers le sol et m'écrasai brutalement sur la chaussée. Tout endolori, je bougeai la tête pour essayer de me repérer. Je découvris alors que je possédais aussi des sortes d'yeux minuscules disposés en triangle au sommet de la tête. Je les utilisai pour mieux voir. Alors je poussai un hurlement de terreur : un énorme pneu s'était ébranlé et commençait à rouler droit sur moi. Madame Hudson allait m'écraser sous sa roue ! J'allais être aplati comme le vulgaire insecte que j'étais !

Chair de poule ®